맑은 날이
아니어서
오히려 좋아

10년 차 승무원의 여행 이야기

김현지 지음

BOOKERS

우리는 각자의 방식으로 여행한다

우리는 각자 다른 방법으로 여행을 한다. 누군가는 눈으로 여행을 한다. 파리에서 에펠탑을 찾아 걷는다든지, 루브르 박물관의 전시를 찾아가서 그림 하나하나를 눈에 담는다든지. 또 다른 누군가는 입으로 여행을 한다. 터져 나오는 고기 육즙을 탐미하고, 싱싱한 해산물의 바다내음을 즐기고, 이국적인 향신료를 쫓는 그런 여행을.

누군가 나에게 '어떤 여행자'인지를 묻는다면, 몸으로 여행하는 사람이라 말하고 싶다. 내게는 눈에 새긴 이미지들은 눈에서 멀어지는 만큼 기억에서 빠르게 잊히기도 하고, 맛으로 기억한 것들은 양치로 헹궈져 사라지기도 한다. 심리학에서 오감에 의해서 받아들여진 자극을 감각기억이라고 일컫는데, 이는 매우 짧은 시간 동안 저장되는 단기기억과 동의어처럼 사용된다.

반면에 다양한 외부 자극을 통해 경험한 것들은 장기기억이 되어 며칠 동안, 수개월 혹은 몇 년에 걸쳐 기억하게 된다고 한다. 나는 오래 기억에 새기는 그런 여행을 해왔다. 여행지에 있는 시간 동안 온몸으로 도시를 느끼고 기억하기 위한 여행, 그게 나의 여행 방식일지도 모른다.

어떤 여행자는 부에노스아이레스에서 소고기를 먹고, 보카 주니어스의 홈구장을 보기 위해 라 봄보네라를 찾아간다. 나는 매일 밤마다 현지인들과 탱고를 추며 그들의 리듬을, 현지에서의 기억을 몸으로 새긴다.

사람은 자신의 이름대로 살아간다는 말이 있다. 어른들께서 운명을 점치듯 지어주신 이름은 아니었지만 재밌게도 난 언제나 현지인처럼 여행하며 살아가고 세상을 배워가고 있다. 누군가 내게 이렇게 물은 적이 있다.

－넌 여행할 때 보면 정말 현지인 같아.

－그 도시에 어떻게 그렇게 잘 스며들 수 있어?

　온몸으로 체득한 여행지에서의 기억들은 코로나로 인해 여행 가지 못할 때에도, 그 20개월의 매 순간을 여행처럼 만들어주었다.

　나는 다른 누군가처럼 대담하게 퇴사를 결심하고 미련 없이 떠나지 않았다. 그냥 여행을 다녀왔다고 해서 여행 이전과 전혀 다른 사람이 되는 것도 아니었다. 그저 모험을 좋아하는 미어캣과 같은 성향으로 태어나 일상과 여행 그 간극 사이에서 고민하는 평범한 사람이다. 그래서 나는 여행지에서 대단한 깨달음을 얻은 사람인 양 이야기하고 싶지 않았다.

여행을 떠난다고 해서 일상에서 도망가거나 완전히 떠나는 게 아니라 일상을 조금 더 풍성하게 만드는 방법에 대해서 알아가게 되었다. 여행을 통해 내가 알게 된 한 가지는 내가 어떤 것을 할 때 행복한지 알게 되었다는 것이다. 여행을 통해 내 앞에 놓인 선택지 중 무엇을 선택해야 하는지, 무엇을 사랑하고 싫어하는지에 대해 좀 더 알게 되었을 뿐이다.

여행지에서 가져온 추억들로 일상을 여행 중인 나는 모험을 좋아하는 자유로운 성향임에도 불구하고 여전히 일상을 행복하게 살아가는 10년 차 직장인이 되었다. 나는 미니멀리스트를 외치며 가벼운 배낭 하나만 메고 홀쩍 떠나는 여행자도 아니다. 나는 아직 가지고 싶은 것도 많고, 아직 버리지 못하는 것들도 많은 맥시멀리스트다.

누군가 나에게 모든 걸 던지고 떠나라 한다면 나는 고

민할 것이다. 오늘의 나를 지탱하는 게 오직 여행만은 아니기에, 내 소담한 보금자리의 따뜻함을 놓을 이유도 없기에. 다만, 나는 또 떠날 것이다. 떠나는 그곳이 바꿀 내일의 나와 그곳에서 만날 사람들, 그곳의 공기와 햇살, 바다가 궁금하기에.

그렇게 나는 또 돌아올 것이다. 돌아올 곳이 존재한다는 행복감을 잘 알고 있다. 그래서 좀 더 잘 돌아오기 위해서, 최선을 다해 온몸으로 여행을 한다. 이제 여행을 통해 하나씩 채워나가는 퍼즐 조각들로 '나'라는 완성된 그림을 만들고 싶은 어느 10년 차 승무원의 여행 이야기를 풀어보고자 한다.

contents

Nature

그래서 사랑해 마지않는 어떤 날의 풍경

Together

함께였기에 더욱 선명한 기억들

Ego

여행으로 채워가는 '나'라는 퍼즐 조각

Nature

그래서 사랑해 마지않는 어떤 날의 풍경

같은 곳을 수십 번 수백 번 여행하는
승무원들은 그 도시의 어느 계절에 닿을지
알 수 없다. 어떨 때는 성수기보다는 비수기에,
건기보다는 우기에, 쨍한 날보단 흐린 날에.
마냥 여행하기 좋은 날을 택할 수는 없어도
매 순간 여행지를 특별하게 만들었던
나만의 여행 방식에 대하여 말한다.

작은 어촌 마을에서 우리가 할 수 있는 일

―――――

피란, 슬로베니아
Piran, Slovenia

슬로베니아 최서단의 작은 어촌 마을 피란, 그곳에서의 할 일은 그저 두 팔 벌리고 일출과 일몰을 맞이하는 것이다. 어제는 유럽, 오늘은 미국. 시차 적응할 새도 없이 전 세계를 다니며 보는 풍경 중 마음으로 다가오는 건 일출과 일몰이다. 2018년 여름, 당시 여행자들은 〈꽃보다 누나〉 영향으로 크로아티아를 주목했지만, 어쩐지 나는 동화 같은 이름의 도시 피란이 이끌렸다. 게다가 '조금만 걸으면 일출을, 다시 뒤로 걸으면 일몰을 볼 수 있다'는 소개글도 마음에 들었다.

슬로베니아 여행자들은 대개 블레드를 가장 먼저 들린다. 오직 알프스 빙하가 녹아 만들어진 호수를 보기 위해 이곳을 거쳐 지나간다. 나는 베니스에서 약 4시간 동안 버스를 타고 슬로베니아 수도 류블라나에 도착했고, 블레드를 거

곳곳이 쉼터인 이곳 피란에서는 돌 위에서 일광욕을 즐긴다.

쳤다. 최종 목적지인 피란은 블레드에서 버스로 2시간 반을 더 이동해야 도착한다.

슬로베니아 최서단의 작은 마을에서 하는 또 다른 일은 바다를 양껏 보는 것이다. 바다가 보이는 숙소에 머무는 일은 할 일이 많지 않은 피란을 밤낮으로 즐길 수 있는 일이기도 하다. 어느 숙소에 머물든 아드리아해를 갈 수 있지만, 숙소 커튼을 열면 항상 그 자리에 있는 바다를 볼 수 있는 곳이 13시간의 비행 끝에 피란에 온 우리에게 알맞은 장소였다. 누군가는 스쿠버다이빙을, 누군가는 그저 돌 위에 앉아서 일광욕을, 각자가 저마다의 방식으로 피란의 바다를 즐기고 있었다.

피란의 가장 아름다운 모습은 피란 성벽에 올라서 보는 일몰이다. 일몰 시간이 되자 약속이라도 한 듯이 성벽 꼭대기에 그 작은 마을의 모든 여행자들이 모였다. 다 함께 한참 그 수평선을 바라보았다. 해가 완전히 아드리아해 속으로 넘어갈 때까지 그곳에 머물렀다. 6월의 여름, 해가 진 뒤에 선선하게 불어오는 바람은 성벽을 오르느라 흘렸던 땀을 식히기에 충분했다. 유럽의 수많은 빨간 지붕 중 최고는 짙푸른 바다빛과 대비되던 피란의 빨간 지붕 그리고 그 위로 떨어지던 해라고 말하고 싶다.

아드리아해의 짙푸른 바다와 피란의 빨간 지붕, 그리고 그 위로 떨어지는 해.

조금 단조로울 수 있는 피란의 밤을 채워주는 건 자전거를 타고 아드리아해를 도는 일이다. 이곳의 날씨를 즐기며 자전거를 타는 건 피란에 온 여행자가 꼭 해야 할 일이다. 그리고 시시각각 변하는 아드리아해의 얼굴을 마주하는 일은 피란에 머무는 일을 지루하지 않게 한다.

수영이 끝난 후 이 어촌마을 최고의 해산물을 맛보고, 3유로짜리 스무디 한 잔을 마시던 순간, 좋아하는 음악을 들으며 하는 자전거 산책. 작은 어촌 마을 피란에서 할 일은 일상적이다. 그리고 전부이다. "어느 여행지가 제일 좋았어

슬로베니아의 작은 어촌마을에서 최고의 해산물을 맛보았다.

요, 어떤 게 제일 재밌었어요?"라는 물음에 답할 수 있는 건 의외로 특별한 경험보다도 이런 소소한 작은 행복이다. 행복의 크기보다 몰입했던 시간의 깊이를 더 중요시하는 내게, 피란은 더 없이 소중한 도시이다.

수없이 여행하는 승무원들에게 어느 여행지가 제일 좋았는지, 어떤 것이 제일 재밌었는지 묻는 사람들이 많다. 이곳에서의 여행이 끝날 무렵, 후배와 마지막 날 저녁식사를 하며 우리의 이번 여행에서 언제가 가장 좋았냐고 이야기를 나누었다. 나는 밤에 노래를 들으며 자전거를 타면서 마을을 두 번 세 번 돌았던 순간을 말했고, 함께 있던 후배는 수영이 끝나고 바다를 보면서 호텔 테라스에 앉아 스무디 한 잔 마시던 순간이 가장 좋았다고 했다.

무언가 특별한 경험이 여행의 전부라고 말하는 이들도 있겠지만 승무원들은 의외로 사소한 부분에서 행복을 느낀다. 남들이 좀처럼 경험하기 힘든 블레드 호수 위에서 설산을 바라보며 패러글라이딩하던 특별한 경험, 그리고 맛집 1위에 선정되었다는 식당에서 양껏 고급음식과 와인을 먹었어도, 결국 자전거 산책과 3유로짜리 스무디를 마시던 순간이 가장 행복했다.

행복은 무언가 특별한 것을 계획하고 실천하는 것으로

얻기도 하지만, 작은 것들에서 우연히 발견되기도 한다. 작은 어촌 마을 피란에서 나는 행복을 마주했다. 낯선 도시 피란에서의 특별한 경험을 위해서 이것저것을 준비하고 계획했지만, 예기치 않게 보낸 시간들이 도리어 잊히지 않을 여행의 순간들을 만들어주었다.

반복되는 비행과 풍경 속에서 나는 행복하겠다는 의지를 갖고 행복한 순간에 집중해보곤 한다. 피란 여행 중에 어

소소한 작은 행복들을 느낄 수 있는 피란은 더 없이 소중한 도시였다.

떤 순간을 좋아하는지 돌아보는 것만으로도 이미 행복한 사람이 되어있었다. 순간의 소소한 작은 행복들이 모여 하루가 되고, 그 행복한 하루들이 모여 행복한 삶이 되는 것이 아닐까.

"STAYING Hotel Piran
피란의 가장 중심가에 있는 호텔. 조용히 지내기에는 시티뷰도 나쁘지 않지만 비용을 추가하더라도 오션뷰로 지내길 추천한다. 밤에는 호텔 자전거를 빌려서 산책하면 좋다.

"EATING Fritolin Pri Cantini
전 세계 맛집 중 베스트3으로 꼽을 수 있는 식당이다. 모든 요리가 다 맛있지만 특히 칼라마리를 추천한다.

비수기 여행자들이 여행하는 법, 겨울 몽골

홉스골, 몽골
Khovsgol, Mongolia

나의 여행은 늘 성수기였다. 성수기라 함은 여행하기 적당한 온도와 날씨, 푸른 녹음과 맑은 하늘이 비치는 건기, 그래서 사람들이 좋아할 때, 그래서 사람들이 붐비는 곳, 그래서 사진 찍기 적당한 곳. 흔히 말하는 '가장 여행하기 좋은 때'라고 일컫는 성수기.

데이비드 실즈의 자서전 『문학은 어떻게 내 삶을 구했는가』에는 '고통은 사람들이 사는 장소와 연관되어 여행의 필요성을 느낀다. 행복을 찾기 위해서가 아니라 자신의 슬픔을 흡수한 것으로부터 달아나기 위해서다'라는 구절이 있다. 누군가는 여행을 탈출구의 수단으로 여기겠지만, 매일 여행하는 삶을 보내는 내가 달아날 수 있는 방법은 도리어 성수기의 여행으로부터 떠나는 것이었다. 비행 갈 때마다 반

비수기 몽골의 별은 성수기의 별보다 유난히 더 반짝거린다.

겨주는 푹신한 호텔 침대가, 유럽의 멋진 건축물들이, 광활한 미국의 대륙이, 동남아의 달콤한 휴양지에서 보내는 시간이 일처럼 느껴지던 10월의 어느 날, 몽골행 항공편을 덥석 끊었다.

겨울 몽골은 여행지로는 비수기여서 거리에 사람이 없을 거라고 했다. 길에서 여행자들을 마주치는 우연을 좋아하는 여행자였던 나는 그 말이 조금 두려웠다. 그러나 첫날부터 게스트하우스에서 만난 토마스와 데이비드 형제, 그리고 몽골가이드가 되어준 숫다가 겨울 몽골을 채워주었다. 그들은 게르에서 함께 3일을 지내는 동안 나의 가족과도 같은 사람들이 되었다.

비수기 영하 40도의 게르에서 침대 네 개를 다닥다닥 붙여 체온을 유지하면서 잠을 청했다. 어느새 나는 물이 없는 게르에서 머물던 3일 동안 씻지도 못하고 여행자들의 냄새가 가득 배어 있는 게르에서 함께 자도 아무런 느낌도 없고 아무거나 주는 대로 참 잘 주워 먹는 사람이 되어가고 있었다. 퇴근만 하면 유니폼에 밴 비행기 냄새가 싫다고 호텔 들어오자마자 샤워를 하고 기분 좋은 향기가 나는 바디로션을 듬뿍 바른 채 예쁜 잠옷을 입고 푹신한 침대에 파묻

푹신한 침대를 벗어나 지냈던 나의 첫 게르 생활. 조금 불편했지만 행복한 시간이었다.

히는 걸 좋아하던 승무원은 온데간데없었다. 여기서는 밤에 옷조차 갈아입을 시간도 없이 매일 밤 보드카에 취해 뻗어 잠이 들었다.

어느 날 밤, 마시던 보드카가 다 떨어져서 반쯤 취한 채로 보드카를 더 사러 나가는 길이었다. 몽골 전통 의상인 '델'의 양 주머니에 보드카를 한병씩 넣고 신나게 노래를 부르면서 게르로 돌아가는 길이었다. 조명 하나 없는 깜깜한 길을 가르며 트럭 한 대가 시끌벅쩍 지나가고 있었고, 트럭을 타고 있던 무리들과 눈이 마주치자 바보들처럼 "Where are you from?"하고 소리를 지르며 달리는 트럭 위로 누가 먼저랄 것도 없이 올라탔다. 깜깜한 곳에서 델을 입고 걸어가는 우리를 몽골인으로 착각했다는 그들과 어디로 가는지도 모른 채 서로 통성명하며 도달한 곳은 어느 작은 가라오케였다. 그들은 핀란드에서 온 여섯 명의 친구들과 일본인 친구 한 명이었다.

몽골은 각 나라에서 온 여행자들로 가득하다. 그리고 대부분의 여행자들은 시베리아 횡단 열차를 타고 넘어와서 몽골을 여행한 후, 또 다시 중국으로 들어가고 러시아를 거쳐 가는, 그렇게 전 세계를 떠돌고 있는 장기 여행자들이 대부분이다. 그날 만난 그들도 짧게는 반 년, 길게는 일 년을 여행하는 여행자들이었다. 아름답기로 유명한 핀란드, 뉴질랜드처럼 멋진 곳에 사는 이들이 이러한 아시아 땅 몽골을 여행하는 이유가 무엇일까 그들은 어떤 슬픔으로부터 달아난 것인지 긴긴 밤 동안 많은 이야기들을 주고받았다.

장기여행을 다니는 동안 어디가 가장 좋았냐는 질문에 그들은 아무것도 없는 몽골이 좋다고 대답한다. 유럽의 여행자들은 이 추운 비수기 몽골의 별들을 만나기 위해 몽골을 찾아온다고 한다. 성수기 여행자인 우리로서는 택도 없는 소리다. 상사의 눈치를 보며 얻어낸 휴가로 최대한 많은 걸 보아야 하고, 쇼핑도 해야 하고, SNS에 올릴 사진도 찍어야 하고, 맛집도 찾아가야 하고, 추억도 만들어야 하고, 기회가 닿으면 운명적인 사랑도 만나야 하느라 여행을 와서도 새벽부터 발 빠르게 움직여야 하는데 말이다.

푸르른 녹음과 담을 것들이 많은 여름 몽골을 여행 성수기라 일컫는 한국인들과는 달리, 그들은 오로지 별을 보는 일 이외에는 별다른 계획은 짜지 않는다. 여유를 즐기며 길에서 지나가는 사람 한 명도 그냥 지나치는 법이 없으며, 처음 만난 사람과도 술을 마시고 노래를 부른다. 많은 곳을

토마스와 데이비드, 난방도 없는 게르지만
아침마다 수테차 한 잔이면 충분히 따뜻했다.

보기보다는 한곳에 오래 머물며 많은 것을 느끼려한다. 좀 더 머물고 싶으면 기차표를 미루고, 비행기표를 바꾸고 더 머물고 간다. 자유로운 그들에게 나는 또 한국 사람스러운 질문을 걱정스레 던진다.

- 너 원래는 무슨 직업을 가지고 있었어? 그럼 지금 그만 두고 온 거야? 앞으로 어떡하려고?
- 그냥 여행이 하고 싶어서 관뒀어. 긴 여행이 하고 싶어 서! 여행이 끝난 뒤에 그때 돌아가서 다시 직업을 구하 면 되지. 그저 'Go through'하는 거야.

별 신기한 질문을 다 한다는 듯이 어깨를 으쓱하곤 웃 어주었다. 그 후에 Go through의 사전적 의미가 궁금했다. 이 때문에 'Go through'의 의미를 알게 되었다. 끝까지 해보 다/차근차근/무언가를 겪다/해내다/완수하다/지나오다/거 치다/주욱 살펴보다…. 그리고 그 여러가지 단어를 조합했 을 때 그 의미가 좋았다. 무언가를 겪어온, 즉 '경험'에 초점 을 맞출 때 사용하는 의미였다. 그 친구에게 여행 또한 삶을 겪고 경험하는 것의 일부였으리라. Just go through라는 말 이 완벽하게 이해되는 순간이었다. 한국에서 놓지 못하고 꼭 붙잡고 있던 수많은 것들이 생각났다. 마음을 비운다고 다짐하면서도 놓지 못하던 욕심들로 인해 나답지 않게 불행해지고 있지는 않았는지, 언제부턴가 나라는 사람이 사라져가고 있는 것은 아닌지.

비록 서로 다른 언어로 100퍼센트 통하지는 않았을 테지만 그들과의 별빛 아래에서의 대화가 어떤 책에서 읽은 이야기보다 내게 많은 것을 깨닫게 해주었다.

STAYING 홍고르 게스트하우스
몽골여행이 유행되고 나서 '가이드 투어'가 포함된 곳이 많지만 게스트하우스에서 운영하는 프로그램을 이용하면 훨씬 더 저렴하다. 또한 투어 상품에 가이드가 요리해주는 매 끼니도 포함된다.

DOING 승마
승마체험이 매우 저렴하다. 탁 트인 광활한 들판을 달리는 경험은 이곳에서만 가능하다.

전통의상 '델'
몽골의 최대시장에서
14만 투그릭(약 8만 원)이면
몽골의 전통의상 '델'을 구입할 수 있다.
시내 게스트하우스에서 델을 사고
싶다고 하면 데려가주기도 한다.

때로는 한 줄의 문구로 여행이 시작된다

사하라, 모로코
Sahara, Morocco

누군가는 우연찮은 기회에 마주하게 된 한 장의 사진으로 여행지를 선택하게 된다. 나의 경우에는 책을 읽다가 가고 싶은 도시가 생기기도 했고, 도시를 보면서 어떤 책이 떠오르기도 한 적이 있다. 모로코 사하라 사막은 그렇게 선택된 여행지었다.

언젠가 길을 걷다가 어딘가에 적혀있는 문구를 보았다. '사하라: 사랑하라, 그리고 하고 싶은 일을 하라'라고 적혀 있었다. 사하라를 생각할 때마다 '내가 하고 싶은 일을 찾고, 이루라'라는 뜻의 이 문장을 떠올릴 것만 같았다.

그 무렵 꽤나 사막에 심취해 있었다. 어린 시절 읽었던

이것이 내게는 세상에서 가장 아름답고도 슬픈 풍경이다.
바로 이곳에서 어린왕자는 지상에 나타났다가 사라졌다. (『어린왕자』 중에서)

Sahara, Morocco

『연금술사』와 『어린왕자』를 다시 꺼내 읽은 건 그때 즈음이었다. 파울로 코엘료의 『연금술사』는 사하라 사막을 배경으로 자신만의 보물을 찾으러 가는 여정을 그린 책이었다. 그두 권의 책을 읽으며 동화 같은 이야기에 담긴 인생의 철학들이 유난히 궁금했다. 그리고 수많은 작가들이 삶의 진리를 찾게 된 사하라에 가보고 싶어졌다.

처음 읽었을 때는 막연하게 느껴졌고, 두 번째는 그 내용을 온전히 받아들일 수 없었고, 어른이 되어 세 번째로 읽었을 때는 간절하게 느껴졌다. 그리고 서른 무렵에 떠나는 여행지로 사하라는 적합하다 싶었다.

사람들은 자신이 아주 미미한 존재라는 것을 느끼며,
오래도록 침묵하게 하지.

- 파울로 코엘료, 『연금술사』

성인이나 현자들이 하나같이 사막이나 황야를 찾아간 것은 그곳이 '비어 있는 곳'이기 때문이라는 글을 본 적이 있다. 비어 있지 않으면 신을 만날 수 없기 때문이라는 것. 여러 건축물, 여러 사람들, 시선이 가닿는 모든 곳에 수많은 것들로 꽉 차 있는 여행지에서 벗어나 비어있는 곳으로 연금술사가 말한 '보물'을 찾아 떠나기로 했다. 그리고 신비스러운 동화 속 이야기의 장소를 내 몸과 내 발로 느낄 수 있는 건 쉽게 주어지는 것이 아니었다.

인천에서 도하까지 10시간, 도하에서 모로코의 수도인 카사블랑카까지 8시간이 걸렸다. 그리고 다시 5시간을 걸려서 페즈로 이동한 뒤, 9시간의 야간버스를 타고 사하라 사막을 보러 모인다는 메르주가로 들어갔다. 모로코는 교통편이 좋지 않은 편이라 모로코 여행의 대부분은 이동 시간이 긴 편이었다. 『연금술사』의 주인공 산티아고가 그 황무지와 사막의 길을 걸어서, 낙타를 타고 오랜 시간에 걸려 보물에 도달했다는 이야기를 읽고 나니 이 정도 즈음은 아무것도 아니라는 생각에 다다랐다.

'사람들은 삶의 이유를 무척 빨리 배우는 것 같아. 그래서 그토록 빨리 포기하는지도 몰라.'

사하라 사막의 관문인 메르주가로 가기 위해선 마라케시나 페즈에서 버스를 타야만 한다. 메르주가는 사막과 바로 맞닿아있는 마을이라서 사막을 여행하기 위해서는 꼭 들려야 하는 도시이다. 메르주가로 들어가는 버스는 저녁 8시 30분에 한 대가 있고 다음 날 아침 6시에 도착한다.

세계 각국에서 사막을 보기 위해 모인 여행자들과 함께 10시간이 걸리는 수프라 투어버스에 탑승했다. 산티아고의 여행길에는 미치지 못하겠지만 『연금술사』 책 한 권을 집어 들고 야간버스에 몸을 실은 내 모습이 마치 동화책 속 주인공 같았다. 그렇게 45도에 육박하는, 이름만으로 전 세계 여행자의 꿈을 간직한 사하라에 도달했다.

그렇게 마주한 사하라. 그곳에 서서 나는 산티아고를 떠올렸다. 그는 방방곡곡을 여행하며 겪었던 일들에 인생의 의미를 부여했다.

그는 여행을 마음먹기 전 양치기로의 삶을 살 때 머물던 곳에 보물이 있음을 깨달았다. 여행을 마치고 돌아간 그는 이전의 그와 다르고, 주변 모든 것들도 달라져 있었다. 그 삶에서 그는 보물을 찾았다. 여행을 마치고 돌아오는 곳은 원래 있던 자리다. 여행지에서 보물을 발견하는 것도 아

"사람들은 어디 있니? 사막은 좀 쓸쓸하구나."
"사람들이 있는 곳도 쓸쓸한 건 마찬가지야." (『어린왕자』 중에서)

니고, 여행을 통해 큰 깨달음을 얻는 게 아닐지라도 본래 있
던 곳을 떠났다가 다시 돌아왔을 때 분명 스스로 느끼는 변
화가 있을 것이다.

먼 곳이 아닌 바로 여기에 있는 아름다움을 볼 수 있는
능력을 가지게 된 것, 그것이 이번 여행에서 얻은 가장 큰 기
쁨이다.

유목민 베르베르인인 양 온몸을 가리는 젤라바를 입고
사막을 누볐다. 투어를 이끌어주던 알리는 우리를 낙타에
태워 2시간 정도 베이스 캠프가 있는 곳으로 이동했다. 사

Sahara, Morocco

막에서 한 일이라곤 내내 붉은 사막을 내다보는 일이었고, 별을 보고 야외에서 누워있는 것이 다였다. 몇 시간 동안 붉은 사막은 보고 또 보아도 질리지 않았다. 사구에 올라 사하라 능선을 바라보며 이리저리 걸었다. 과연 『연금술사』의 작가가, 『어린왕자』의 작가가 사하라를 배경으로 어떻게 그렇게 아름다운 표현과 글을 쓸 수 있었는지 이해가 되는 순간이었다.

어릴 적에는 마냥 아름다운 이야기인 줄 알았으나, 어른이 되어서 읽어보니 꽤나 슬픈 내용이었다. 어렸을 적부터 수십 번은 더 읽었던 『어린왕자』의 배경이 사하라 사막이라는 것을 알고 난 이후 사하라 사막은 꼭 한번 가고 싶은 곳이었다. 사하라 사막을 떠나는 날 야간버스에서 그 책을 다시 한 번 읽어보았을 때 어린 시절에는 미처 발견하지 못했던 마지막 페이지의 구절들이 다가왔다.

이것이 내게는 세상에서 가장 아름답고도 슬픈 풍경이다. 바로 이곳에서 어린왕자는 지상에 나타났다가 사라졌다. 이 그림을 주의 깊게 보라. 만일 여러분이 어느 날 아프리카 사막을 여행하다 이 풍경을 알아 볼 수 있도록.

그리고 행여 그곳을 지나게 되면, 제발 부탁하건대, 서두르지 마라. 만일 그때 어린아이가 다가오면, 아이가 웃으면, 아이의 머리카락이 금빛이라면, 그리고 묻는 말에 대답하지 않는다면 당신은 아이가 누구인지 짐작할 수 있으리라. 그럼 곧 내게 알려주시길!

내가 마냥 슬픔에 잠겨 있도록 내버려 두지 말고,
어린왕자가 돌아왔노라고.

- 생텍쥐페리, 『어린왕자』

이것이 나의 북아프리카의 사하라 여행이었다.

STAYING 사하라 숙박 및 투어사
사하라 투어는 1박, 2박, 지프 투어로 나뉜다.
알리네: 가격이 비싸지만
인생 사진을 얻고 싶다면 추천한다.
페이스북 문의 Ali Oubana
모하네: 비교적 저렴한 편으로
가성비를 중시하는 여행자들에게 추천한다.
카카오톡 문의 mohacamelman

무채색 도시, 그 찬란함에 대하여

암만, 요르단

Amman, Jordan

요르단을 떠올리면 온통 무채색이었다. 형형색색의 알록달록한 여행지를 다녔던 나에게 무채색의 도시가 그리워지기 시작한 건 그때 즈음이었다. 요르단 정부에서는 건물색을 규제하기 때문에 건물색이 온통 황토색이라고 한다. 누군가에게는 그저 잿빛, 흑색이라고 불릴 수 있는 나라지만, 나는 어쩐지 그 무채색 도시와 그곳에서 울려 퍼지는 코란 소리에 마음이 평온해진다.

그렇게 중동국가가 주는 특유의 분위기에 빠져 코란 소리가 그리워질 무렵 이름도 낯설었던 요르단에 도착했다. 페트라와 와디럼에 꽂혀서 무작정 온 요르단, 그리고 요르단 암만에서의 첫날. 요르단의 수도인 암만에는 관광지가 딱히 많지 않다. 다만, 암만에는 공항이 있어서 요르단을 여행하

온통 황토색인 요르단의 수도 암만 건물들.
창문 커튼을 열면 보이는 중동국가 특유의 색, 좋아하는 풍경이 보인다.

Amman, Jordan

는 여행자들이 잠시 스쳐 지나가는 곳이다.

시샤는 요르단을 대표하는 문화이다. 이곳까지 오는 길
가에 곳곳에서 사람들이 삼삼오오 모여 시샤를 피우고 있
었다. 올드뷰 카페를 들어섰을 때 그 무채색 도시를 배경 삼
아 홀로 시샤를 하며 시간을 보내고 있는 사람이 퍽 멋져
보였다.

낯선 여행지와 가까워지기 위해서 늘 현지인처럼 스며
들어보려고 한다. 여행하는 짧은 기간 동안 그들의 문화를 온
전히 이해할 수는 없겠지만, 경험해보며 차츰 빠져들어본다.

향이 좋은 레몬민트는 요르단에서 굉장히 유명하다. 베
두인들은 사막을 여행하는 여행자들에게 환대의 의미로 향
긋한 민트티를 쉼 없이 따라주곤 했다. 뜨거운 사막에서 민
트는 수분과 당을 보충해주는 역할을 한다고 한다.

요르단에 있는 내내 레몬민트를 즐겨 마셨고, 내내 레
몬민트맛의 시샤를 하곤 했다.

한 시간쯤 멍하니 앉아있었을까. 도시 전체에 이슬람
국가에서 들을 수 있는 경전 소리가 울려퍼졌다. 이 코란 소
리를 처음 들었던 건 쉐프샤오엔에서 마을을 한눈에 내려다
볼 수 있다는 스페니쉬모스크에서였다. 우리가 뇌에서 시각

해 질 무렵의 시타델.

해가 저물기 시작할 때는 암만이 내려다 보이는 높은 곳으로 올라가야 한다.

을 통해 받는 인상과 비슷한 음악을 들으면 그 인상이 더욱 강력해지는 현상을 '공명현상'이라고 부르는데, 내게는 이 코란을 읊는 소리가 그렇다. 이슬람 국가들을 떠올릴 때면 이 코란 소리가 그리워지는 것이다.

그 도시와 그 문화에 스며들어 여행하는 건 여행지가 가지고 있는 고유함을 완벽히 즐길 수 있는 방법이다. 무채색 도시에 레몬민트 맛이 나는 은빛 시샤, 그리고 도시 전체에 울려퍼지는 코란 소리. 그것이 나의 암만이었다.

해가 지기 한 시간 전부터 암만 시내가 한눈에 다 보인다는 시타델로 올라가서 가만히 일몰을 바라보았다. 여행하는 곳의 가장 높은 곳으로 올라가서 해 떨어지는 것을 보는 일은 여행할 때마다 내가 가장 좋아하는 순간이다. 무채색 도시가 빨갛게 물들 때쯤 작은 마을에 불이 하나둘씩 켜지는 모습은 가까이서 보았을 때와는 또 다른 매력이다.

무채색의 도시에서 보는 일몰은 어쩐지 알록달록한 도시의 일몰보다 찬란하다. 어떤 사진가는 컬러사진보다 흑백사진을 선호한다고 하는데, 그 이유가 색을 버림으로 피사체가 가진 본연의 모습에 더욱 집중하게 만들어주기 때문이라고. 아무리 알록달록 저마다의 색을 지닌 도시더라도 노을이 지는 순간, 본래의 색은 사라지고 내 눈에는 온통 붉은빛 가득한 도시로 비쳤다. 무채색의 암만은 붉은 노을이 내려 앉으면 건물들이 노을을 흡수라도 하는 듯이 빨간색 덩어리 자체가 된다. 온통 색안경을 끼고 사는 피로한 세상에서 본연의 모습을 봐 달라고 빛나는 무채색 도시가 얼마나 위안이 되던지.

이슬람 종교와 전혀 상관없는 삶을 살았음에도 불구하고 이 낯선 언어의 코란 소리에 가만히 위로를 받는다. 쉐프샤오엔의 스페니쉬모스크에서, 카파도키아의 선셋포인트에서, 그리고 암만의 시타델에서. 어두워질 무렵 찬란해지는 도시들, 무채색 도시에 색이 더해질 때를 사랑한다.

■ **STAYING** Old view cafe

■ **SEEING**
암만 유적지 시타델,
헤라클래스 신전, 원형극장

스페인의 진짜 모습은
낮잠을 자고 난 뒤에 볼 수 있다

바르셀로나, 스페인
Barcelona, Spain

바르셀로나를 여행하는 여행자들의 아침은 분주하다. 아침 일찍부터 시작하는 가우디투어에 참여하여 최소 6시간 이상은 강렬한 지중해의 햇빛 아래서 가우디의 발자취를 따라 다녀야 하기 때문이다. 한나절 가우디투어는 10년 전 배낭여행 때 진즉 마쳤으니, 여유롭고 조금은 게으른 여행자가 되어 '진짜 바르셀로나'를 마주해보기로 했다.

내 기억 속 스페인은 언제나 맑은 여름나라였다. 오랜만에 간 바르셀로나는 여전히 푸른 하늘로 반겨주었다. 시에스타라는 문화는 스페인의 여유를 가장 잘 표현해주는 사랑스러운 단어였고, 스페인은 그래서인지 여유로움으로 기억되

가우디투어 대신 사그라다 파밀리아가 보이는 이곳에서 만끽한 여유.
바르셀로나의 여유를 가득 담고 있는 장소.

어지는 나라였다. 스무 살 때 배낭여행으로 유럽 전역을 돌다가 바르셀로나에 도착한 순간을 잊지 못한다. 배가 고파서 식당을 가려고 찾았는데 도통 문을 연 곳들이 하나도 없었다. 그때 알았다 시에스타라는 걸.

시에스타는 해가 너무 뜨거운 시간에 잠깐 휴식을 취하거나 낮잠을 자는 휴식 시간으로 스페인의 문화 중 하나다. 여유보다는 바쁘게 여기저기 둘러보고 싶은 마음에 가졌던 불만도 잠시, 호스텔에 가방을 던져두고 '에라 모르겠다 나도 시에스타나 즐겨야겠다' 하고 한낮의 단잠에 취해있었다. 스페인 사람들에게 여유라는 단어가 잘 어울리는 이유는 아마 시에스타때문일 것이다. 스페인 사람들은 내일을 걱정하지 않고, 유쾌하게 마시고, 멋진 옷을 입고 플라멩코를 춘다.

그로부터 10여 년이 지나 승무원이 되고 나서 바르셀로나로 비행을 갈 때마다 나는 잠깐 게을러지는 시간을 가진다. 오전에 여행을 하다가도 해가 뜨거워지기 시작하면 자연스레 현지인처럼 호텔에 들어가 시에스타 시간을 가진다.

스페인을 생각하면 떠오르는 단어들을 나열해보니 온통 여유로운 단어들뿐이다. 시에스타, 상그리아, 파에야, 타파스, 츄러스, 플라멩코. 나열한 단어들을 쭈욱 합쳐본다. 그렇다면 스페인을 가장 잘 여행하는 방법은 먹고, 자고, 마시고, 즐기는 일이다! 행복은 별거 없다고 했다. 옛말에 그저 '잘 먹고 잘 자라'는 말이 안부인사처럼 여겨질만큼 살아가다 보니 점점 잘 먹고 잘 자는 일이 생각보다 쉬운 일이 아니었다는 걸 알아버렸다. 스케줄에 바르셀로나가 찍히면 '아 잠시 쉬어가라고 주는 스케줄인가 보다'라는 생각이 들며 행복해진다.

스페인을 여행하며 사랑에 빠진 음식들이 참 많다. 스페인 사람들은 독특한 식문화를 가지고 있는데 아침 간식 점심 간식 저녁, 하루에 총 다섯 끼를 먹는다고 한다. 가족

사그라다 파밀리아가 마주 보이는 곳에서 파에야와 샴페인 한 잔.

끼리 모여앉아 맛있는 식사를 하며 대화를 나누고, 충분한 휴식을 취하는 것만으로 그들의 행복지수는 높다. 사그라다 파밀리야 성당이 가장 멋지게 보이는 곳에 자리하여 샴페인을 주문하며 첫 끼를 시작해본다. 먼저 나온 샴페인을 마시다보니 사그라다 파밀리야 성당의 종소리가 들린다. 오랜만에 바르셀로나에서 먹는 첫 끼는 스페인 하면 가장 먼저 떠오르는 음식인 파에야를 주문했다.

파에야 요리의 특성상 혼자 먹기엔 항상 양이 많은 편인데, 모여서 식사하기를 즐기는 스페인 사람들의 문화가 그대로 담겨져 있는 듯하여 양이 푸짐한 파에야가 보기 좋았다.

바르셀로나 벙커에서
마주한 일몰.

한낮의 무더위를 피해 시에스타를 준비하는 스페인의 점심 식사는 가장 길고 화려하다. 로마에 가면 로마법을 따르라고 했으니 충실하게 가장 길고 화려한 점심 식사를 먹으러 카사롤레아를 갔다. 하몬은 스페인 전통 음식으로 돼지의 뒷다리를 소금에 절여 건조해 만든 생햄이다.

하몬이 있는데 술이 빠질 수 없으니 바르셀로나에서 가장 샹그리아가 맛있다는 카사롤레아의 No. 1 샹그리아를 주문한다. 술을 잘 먹진 못하지만 그 나라 고유의 술을 마시는 걸 좋아한다. 그들이 즐겨 마시는 술을 마시면 어쩐지 그들이 어떤 삶을 살아가는지 조금은 엿볼 수 있는 듯하다. 레드 와인에 시트러스 과일을 가득 넣어서 상큼하게 만든 샹그리아는 기분이 좋아지는 맛이다. 만들어 먹으면 어떤 와인도 행복해지는 맛으로 변하니 불만을 표할 틈이 없다. 판 콘 토마테를 같이 주문해 바게트에 생마늘과 토마토를 슥 문지른 뒤 올리브오일과 소금을 살짝 뿌려 하몬을 얹어서 한 입 가득 베어문다. 한낮의 조금 길고 화려한 식사를 마치고 나니 시에스타를 누릴 시간이다 .

시에스타를 한껏 즐기고 해가 지기 전에 부지런히 바르셀로나가 한눈에 내려다보인다는 벙커로 올라갔다. 보케리

아 마켓에서 싱싱한 체리와 레몬맥주 끌라라를 사들고 전
세계인들이 모인 곳에 자리를 잡았다. 해가 지기 한 시간 전
벙커에 올라가 가만히 해가 지기를 앉아서 기다리며 외로움
이 익숙해질 때쯤 한 무리가 다정하게 말을 걸어온다.

– Do you want to join us?

22인실 호스텔에서 만난 각국에서 온 그들은 맥주와
과자, 그리고 다정한 말을 내내 건네주었다. 여행의 마지막
날 이 멋진 풍경과 이 순간을 함께 공유하고 기뻐할 누군가

우연히 함께 하게 된 무리들과
멋진 순간과 풍경을 함께
이야기할 수 있어서 행복했다.

가 필요한 순간에 다정했던 사람들과 한 시간 반 동안 하늘
이 보여줄 수 있는 다양한 색을 만끽하며 참 행복했다.

바르셀로나는 가우디를 따라가지 않아도 잔잔하게 흘
러가는 시간들을 담을 곳들이 참 많은 도시였다. 생각할 것
들이 많아져서 밤잠 이루지 못하고 제대로 끼니도 챙겨 먹
지 못한 채 살아가고 있는 친구를 보며 "너 바르셀로나를 여
행해보는 것이 어때?"라고 말해주었다. 부디 바르셀로나를
여행하는 여행자들이 잘 먹고, 잘 자고, 잘 쉬고, 잘 즐기는
행복을 누리기를.

■ **EATING** 바르셀로나 '음식별' 맛집
Cerveseria Catalana(꿀대구),
Casa Angela(파에야),
Casa Lolea(하몬&상그리아),
VIANA(블랙모히토&뽈뽀)
■ **SEEING** 선셋
Hotel colon
Bunkers

탄토 데 베라노 한 잔.

모든 계절의 뉴욕

뉴욕 비행은 늘 쉽지 않았다. 더군다나 가장 큰 비행기로 15시간을 날아가는 만석의 뉴욕 비행은 승무원들이 좋아하지 않는 비행 중 하나다. 스물다섯 입사 전에는 뉴욕을 이렇게나 자주 가리라고 상상도 못한 채, 뉴욕은 그저 환상이자 로망의 도시였다. 어쩌면 일생에 한 번 뉴욕을 가게 되는 사람들과는 다르게 승무원들에게는 매달 나오는 뉴욕 비행은 가기 전날부터 큰 부담만 안겨주는 애물단지 같은 비행이다. 나 또한 입사 전에는 가장 가고 싶었던 도시였지만, 어느새 처음 뉴욕 비행이 나왔을 때 설레던 기억을 잠시 잊고 살았다.

모든 여행지에는 성수기와 비수기가 존재한다지만 뉴욕만큼은 어느 계절에 가도 사랑스러운 도시다. 계절마다 가

초여름의 뉴욕, 도미노 파크에서.

는 이 지루한 뉴욕 비행에서 계절마다 뉴욕의 사랑스러움을 만끽해보기로 다짐했던 건 그때부터였다. 무언가 목표를 가지고 비행하는 것과 아닌 것의 차이를 그때 알았다. 비행이 목적이 아닌, 그 안에서 내가 좋아하는 요소들과 탈출구들을 여럿 찾아놓고 즐기려고 노력하니까 힘든 비행 속에 중간중간 힘낼 수 있는 원천이 되었다.

3년차 때 직장인 권태기를 처음 겪었다. 뉴욕 비행이 나올 때마다 매번 뮤지컬을 예약했다. 더 이상 길고 지루하고 힘든 뉴욕 비행이 아니라, 보고 싶던 뮤지컬을 보러가는 즐거운 비행이 되었다. 비행이 더 이상 즐겁지 않다는 동료에게 그 이야기를 전했다. 그 동료는 어느 날 토론토에 스탠바이로 갑작스레 불려가던 날, 겨울 내내 푹 빠져 즐기던 보드가 생각났다고 했다. 크루백에 보드복과 헬멧, 고글, 장갑을 우겨넣고 비행을 했고, 결과는 대만족. 해외 스테이를 가면 항상 2~3일 내내 호텔방에서만 머물며 시차적응에 집중하던 그는, 이제 즐겁게 비행하는 법을 터득했다고 했다.

이제는 뉴욕의 곳곳에 묻어있는 예쁜 기억들이 좋다. 스물다섯이 되던 어느 봄에 처음으로 뉴욕 비행을 왔을 때 선배님들이 페리를 타고 데려가 주셨던 자유의 여신상. 15시

좋아하는 브런치 카페, 윌리엄스버그의 파이브 리브.

간의 피곤한 비행을 마치고 굳이 페리까지 타고 가면서 자유의 여신상을 보고 온 승무원들이 많지 않다는 건 10년쯤 일한 어느 날 문득 깨닫게 되었다. 그땐 또 그게 뭐라고 뉴욕 처음 오는 막내에게 자유의 여신상을 보여주시겠다고 그 멀리까지 데려가 준 선배님들이 참 고마웠다. 연차가 쌓이다 보니 이제는 더 이상 선배님들을 졸졸 따라 다니지 않고도 뉴욕의 봄날을 만끽하는 법을 안다. 더 이상 관광객들로 가득한 브루클린이나 맨해튼에 가지 않고 좋아하는 윌리엄스버그로 향해 뉴요커들 사이에 앉아 조용한 브런치를 즐긴다.

여름 어느 날에 비행을 왔을 땐, 혼자 지도를 들고선 5번가로 가 뚜벅이로 장장 8시간을 걸으며 검색으로 나오는 50개의 맛집을 정복했다. 모든 계절이 사랑스러운 뉴욕이지만 5월에서 6월로 넘어가는 초여름의 뉴욕은 가장 매력 있을 때라고 생각한다.

브라이언 파크, 센트럴 파크, 도미노 파크들의 잔디밭이 개장하며 그곳에 앉아있는 것만으로 행복해진다. 에싸베이글에서 연어베이글을 픽업하고, 블루보틀에서 아이스라테를 하나 주문한 뒤에 센트럴 파크에 앉아있는 순간, 윌리엄스버그를 산책 후 데보시온에서 라테를 픽업해 도미노 파크에

앉아있는 순간, 브라이언 파크를 유난히 좋아하는 동기언니
와 그저 광합성만 해도 좋은 순간은 내가 가장 사랑하는 뉴
욕의 계절이었다.

가을 어느 날에 비행을 왔을 때, 좋아하는 뮤지컬을 하
나씩 보기 시작했고, 블루노트라는 재즈클럽을 찾아가서 마
시지도 못하는 칵테일을 홀짝이며 대학교 때 이름만 들었던
뮤지션들의 연주를 듣곤 했다. 그렇게 뉴욕 비행이 나올 때
마다 뮤지컬과 재즈클럽을 예약하는 바람에 나의 뉴욕을 떠
올리면 언제나 음악의 도시였다. 어딘지 조금 분위기가 있게

센트럴 파크, 뉴요커들의 휴식처이자 삶의 일부.
좋아하는 선후배와 함께 돗자리를 깔고 엎드려본다.

느껴지고, 선선한 공기가 뉴욕에 찾아오기 시작하는 가을에
생각나는 것은 늘 음악이었다. 음악을 전공했던 내게 가을
바람이 선선해질 무렵에 듣는 뉴욕의 재즈는 나를 행복하게
해주기에 충분했다.

　동기 네 명과 뉴욕 비행 스케줄이 나온 크리스마스 때
의 추억이다. 폭설이 쏟아지는 겨울의 뉴욕도 초여름만큼이
나 뉴욕의 사랑스러운 얼굴 중의 하나다. 크리스마스를 맞
아 빨강과 초록 조명으로 빛나는 한층 더 멋진 엠파이어스
테이트 빌딩의 야경을 보며 〈New York State of Mind〉를 들
을 때, 타임스퀘어에서 크리스마스를 위해 잔뜩 꾸며진 5번
가의 거리에서 크리스마스의 기분을 잔뜩 느끼면서 걸을 때,

뉴욕의 블루노트. 다닐로페레즈 존 페티투치, 브라이언 블래드가 공연한 날.

크리스마스를 사랑하는 모든 이를 위해 존재하는 다이커하이츠의 크리스마스 마을을 구경할 때. 대학생 때는 '언젠가는 뉴욕의 크리스마스를 보내야지'라고 생각만 했는데 이렇게 비행으로 만끽할 수 있었다.

　　뉴욕의 길을 걸을 때, 거리마다 그 사람들과의 기억이 묻어있다. 어떤 도시에 사랑하는 사람들과의 기억이 더해지면 더해질수록 평범한 도시는 나에게 특별한 도시가 된다. 누군가 어느 도시를 좋아한다고 말했을 땐, 정확히 말하자면 그건 누군가와의 기억들이 묻어나기 때문이 아닐까. 그 도시를 생각할 때 누군가의 얼굴이 떠오른다는 건 꽤 행복

오로지 크리스마스를 위해 존재하는 것 같은, 사랑해 마지않는 크리스마스 시즌의 뉴욕.

그래서 사계절의 뉴욕을 사랑하나 보다.

한 일이다.

　아주 작은 바람이 있다면 나에게 늘 여행 같은 비행을 선물해줘서 고마운 사람들, 15시간의 뉴욕행을 꽤 괜찮은 비행으로 만들어준 사람들도 이 도시를 사랑하게 되었으면 좋겠다. 내가 좋아하는 도시에 내가 좋아하는 나만의 장소들을 만들어놓는다. 낯선 곳에서 익숙함을 찾는다는 건 잠시나마 이방인이 아닌 기분을 느끼게 한다. 그리고 언제든 다시 그 장소에 가게 되면 또 다시 행복해지고, 행복해진 만큼 이 직업을 더 사랑하게 된다.

▪ **DOING 뉴요커처럼 파크 즐기는 방법**
브라이언 파크 + 블루스톤 레인 토스트, 블루보틀
센트럴 파크 + 에싸베이글
도미노파크 + 데보시온 카페 or 브루클린 브루어리

에펠탑의 숨겨진 얼굴

파리, 프랑스
Paris, France

많은 이들이 이름만 들어도 설레는 도시, 파리. 그리고 파리의 상징 에펠탑은 전 세계 사람들이 사랑하는 장소다. 파리를 여행하는 대다수의 사람들은 에펠탑의 두 가지 얼굴만을 알고 있다. 눈부신 태양빛을 받으며 많은 사람들에게 둘러싸여 있는 낮의 얼굴, 그리고 반짝반짝 빛나는 밤의 얼굴. 그 순간의 에펠탑을 수많은 이들은 사랑스러운 눈으로 바라본다.

그게 전부인 줄 알았다. 대학교 때 배낭여행으로 처음 파리에 가게 된 날, 나는 에펠탑의 낮과 밤, 두 가지 모습만을 떠올렸고, 에펠탑은 어느 동화 속 주인공처럼 많은 사람들의 사랑을 가득 받으며 항상 반짝반짝 빛나는 줄만 알았다. 그러나 수도 없이 파리를 갈 수 있는 승무원이 되어 에펠

흐린 날의 에펠탑은 어쩐지 쓸쓸해 보이는 얼굴이다.

탑의 또 다른 얼굴을 마주한 나는 에펠탑을 더 깊이 사랑할
수밖에 없었다.

정말 오랜만에 파리 비행이 나온 11월의 어느 날은 비
가 내리고 춥고 날씨가 좋지 않았다. 모처럼 파리까지 왔는
데 이게 뭐냐며 툴툴거렸지만 막상 에펠탑을 보니 또 반가
웠다. 해가 뜰 때, 해가 질 때, 그리고 화창한 날, 비 오는 날,
눈 오는 날, 흐린 날의 에펠탑의 얼굴은 매순간 다르다. 보통
의 여행지에서라면 흐린 날씨에 속상했겠지만 파리에서만은
그 어느 날의 날씨도 사랑하게 되었다.

파리 비행이 나올 때마다 나는 에펠탑을 마주하러 갔
다. 때론 아주 가까이 마르스광장이나 샤요궁에서 바라보
며 정면을 마주하기도 했고, 때론 바토무슈를 타고 물 위에
서 마주하기도 했고, 비르하켐 다리에서 옆모습을 바라보기
도 했다. 때론 가까이서 때론 먼 발치에서. 파리에서의 나의
일정은 에펠탑으로 시작해서 에펠탑으로 끝이 났다. 늘 반
짝이기만 하고 늘 사람들에게 사랑받는 에펠탑인 줄 알았는
데, 그 모습이 전부가 아니란 걸 알게 되고 깨닫게 된 건 몇
번의 비행 이후였다.

시차 때문에 이른 시간에 잠이 깬 나는 문득 에펠탑이

보고 싶어졌고 그 자리에서 택시를 불러 트로카데로 광장으로 향했다. 새벽 5시, 에펠탑이 가장 고요한 시간이었다. 늘 사람들에게 둘러싸여 있던 에펠탑이 떠오르는 해를 바라보며 홀로 우두커니 서 있는 걸 처음 보았다. 해가 뜨기 전 아주 잠깐의 시간, 모두에게 사랑받는 에펠탑의 또 다른 모습을 나 홀로 안 것만 같았다.

트로카데로 광장에서 바라본 에펠탑. 새벽 5시는 에펠탑의 가장 고요한 시간이다.

Paris, France

누군가를 깊이 알아간다는 것은 누군가를 더욱 사랑하게 되는 과정이다. 문득 해가 뜨기 전 에펠탑, 그리고 한낮의 에펠탑, 그리고 밤의 에펠탑 말고도 어쩌면 다른 모습이 있을 것만 같았다. 비가 오나 눈이 오나 한동안 찾아갔고, 비가 오는 흐린 날의 에펠탑을 사랑하게 되었다. 회색빛 하늘에 에펠탑이 물에 젖어 반짝인다. 그리고 광장 위로 떨어지는 물방울 위로 에펠탑의 모습이 비춘다. 밝기만 하던 에펠탑의 조금은 쓸쓸해 보이는 모습을 알고 나니 더욱 사랑해주고 싶었다. 비행을 다니며 대부분의 유명 관광지들은 관광객으로만 가득차 있고 현지인들이 있는 경우는 드물었다. 하지만 '파리지앵이 사랑한 에펠탑'이라는 수식어답게 그들은 언제나 에펠탑과 함께였고 자랑으로 여겼다.

에펠탑은 건설 당시 혐오스러운 철골덩어리 취급을 받았지만 아마도 그들은 오랜시간 에펠탑의 모든 모습을 지켜볼 수 있어서, 이제는 우두커니 서 있는 에펠탑의 모습을 사랑하게 되었던 듯하다. 아마도 누군가는 밝은 날의 에펠탑을 보며 함께 즐거웠을 것이고, 슬픈 날엔 흐린 날의 에펠탑을 보며 위로받았을 것이다. 승무원이 된 덕분에 어쩐지 조금은 파리지앵들의 마음을 알 것만 같다.

그 후로는 비가 오나 눈이 오나 늘 에펠탑을 찾아갔다.

많은 이에게 사랑받는 에펠탑의 밤의 얼굴.

사람들은 저마다의 얼굴로 살아가고 있다. 타인에게 보이는 얼굴은 하나 혹은 두 개일 것이다. 내내 사람들에게 둘러싸여 즐거워하고 있지만 홀로 있는 시간에는 어떤 얼굴을 하고 있는지 모를 일이다. 하지만 분명 그들에게 흐린 날, 비 오는 날이 있다는 것을 에펠탑의 얼굴을 보면서 깨닫는다. 어떤 얼굴과 표정에도 불구하고 에펠탑은 여전히 에펠탑이라는 사실만으로 빛나고 사랑받는다는 것을. 사랑해 마지않는 에펠탑, 당신도 이곳과 사랑에 빠지기를.

■ **SEEING** 에펠탑 풍경 포토스팟
꽃집 앞 골목 L'howea
영화 〈미드나잇 인 파리〉 촬영지 Av. de comoens
유람선과 에펠탑을 한 프레임에 담을 수 있는 곳 Pont de l'Alma
영화 〈인셉션〉 속 다리 Pont de Blr-Hakeim
회전목마와 에펠탑을 함께 담을 수 있는 곳 Carousel de la Tour Eiffel

신이 숨겨둔 마지막 여행지, 페루

와카치나, 페루
Huacachina, Peru

남미 여행에 대해 아는 것이라고는 우유니뿐이었던 내게 페루는 선물 같은 나라였다. 와카치나에 도착해서 난생 처음으로 사막을 보았을 땐 아무 말도 못하고 그 사막에 압도되었다. 죽기 전에 꼭 사막을 보고 싶다고 생각했는데, "와 여긴 정말 제대로다"라는 말이 절로 나왔다.

사막이 아름다운 건 어딘가에 오아시스를 숨기고 있기 때문이라고 한다. 개인적으로 나는 여행을 떠나기 전에 여행의 풍부함을 더하기 위해 여행지에 관한 이야기나 역사를 알아보거나 여행지와 관련된 에세이나 소설책을 찾아 보고 가는 편인데, 와카치나를 소개하는 어떤 영상에서 와카치나의 아름다운 사막에 얽혀있는 전설을 보았다.

사막이 아름다운 건 어딘가에 오아시스를 숨기고 있기 때문이다.

Huacachina, Peru

와카치나는 '아름다운 여인'이라는 뜻으로 이 오아시스에 살게 된 인어를 일컫는 말이라고 한다. 한 어여쁜 여인이 목욕을 하다가 훔쳐보는 사냥꾼에 놀라 도망을 갔는데, 나풀거리는 옷은 모래 언덕이 되고, 그녀가 남긴 목욕물이 바로 와카치나의 오아시스가 되었다. 그 여인은 훗날 오아시스로 돌아와 인어가 되었다. 모래 언덕은 '나풀거리는 그녀의 옷'이었다는 말에 고개가 끄덕여질 만큼 고와서 손에 잡히지 않을 정도로 흩날렸고, 오아시스는 당장이라도 인어가 나타날 것처럼 신비로웠다. 교과서에서만 본, 사막에 둘러싸인 연못에 높은 야자수가 솟아있는 그런 모습의 오아시스. 아마 우리가 알고 있는 오아시스를 말하라면 그건 와카치나의 오아시스가 분명하다.

'사막의 오아시스 같은 존재'라는 말이 떠올랐다. 극도로 척박하거나 절망적인 상황 속에서 무언가 한줄기 희망의 대상이나 소중한 무언가를 발견하면 그 사람 혹은 그 상황에 대하여 일컫는 찬사이다. 나는 이제 그러한 말이 왜 관용어가 되었는지 와카치나의 오아시스를 바라보며 납득이 갔다. 누군가는 쉽게 할 수 있는 흔하디흔한 표현이지만 와카치나를 본 이후 나는 그 말을 더 이상 쉽게 꺼낼 수가 없게

됐고, 그러한 말을 할 때는 와카치나를 떠올리며 온 마음을 다해 말한다.

'너는 사막의 오아시스 같은 존재'라고. 그리고 그게 내가 누군가에게 해줄 수 있는 최고의 찬사가 되었다.

와카치나에서의 버기투어를 마치고 숙소에서 술을 마시며 이야기 꽃을 피울 수 있는 장기여행자와 달리 시간이 없는 나는 바로 쿠스코행 야간버스에 홀로 몸을 실었다.

비행기를 선택하는 대신에 위험하고 고생스럽다는 이카-쿠스코행 17시간의 야간버스 이동을 선택했던 건 리마에서 비행기를 타고 쿠스코를 가게 되면 버기투어를 못하기 때문에 버기투어를 포기하고 싶지 않았기 때문이고, 결정적인 이유는 '젊어서 고생은 사서 고생'이라는 말에 꽂혀서이기도 했다.

비행을 하게 된 이후로 더 이상 고생스러운 여행을 할 일이 없어서 그런지 자꾸만 젊은 시절의 고생스러운 여행이 그리워질 때가 종종 있다. 여행을 떠나기 전 블로그에서 이카-쿠스코 구간의 크루즈 델 수르 버스는 맨 앞자리가 제일 뷰가 좋으니 꼭 선착순으로 제일 먼저 타라고 해서 줄도 1번으로 서서 버스 맨 앞자리를 차지했다.

암흑 속에서 울퉁불퉁한 길과 절벽밖에 안 보이는 도로를 내리 달리며, 가방을 털었다는 강도가 가장 많은 구간이기에 지친 몸뚱아리지만 무거운 배낭을 꼭 안고 담요를 덮고 여권과 휴대폰은 속옷 안에 숨기고 혹시나 모를 위급사항에 대비해서 긴장의 끈을 놓지 않았다.

그렇게 잔뜩 긴장을 하다가 여행의 고단함에 어느새 나도 모르게 스르르 잠이 들었고, 아침 식사를 주러 깨우는 버스 승무원의 소리에 눈을 떠 커튼을 치고 앞을 바라보니 세상에. 비행기를 타고 왔으면 이런 걸 못 볼 뻔했다. 밤 10시에 버스가 출발하여 시계를 보니 벌써 아침 9시. 달리는

이카-쿠스코행 17시간 야간버스
크루즈 델 수르의 맨 앞자리.

버스 안에서 본 파란 하늘이 너무 예뻐서 넋 놓고 바라보았다. 피곤함에 몸은 만신창이였지만 왠지 살아있다는 느낌이었다. 11시간이 지나고 6시간이 더 남은 시점이었지만 6시간 동안은 피곤함을 하나도 못 느낄 정도로 '너무 좋다'라는 말만 혼자 반복하면서 갔다. 6시간 동안은 크루즈 델 수르 버스에서 의자를 180도로 완전히 젖히고 멍 때리면서 구름만 보았다. 휴대폰도 안 터지는 그 순간은 오롯이 나만의 시간이었다. 휴대폰과 인터넷의 노예가 된 나지만, 그 순간 휴대폰이 안 돼서 참 다행이라고 생각했다. 밤엔 별, 낮엔 하늘. 크루즈 델 수르의 야간버스는 생각보다 악명 높은 구간이 아니라고, 17시간의 긴 이동시간에는 아름다운 풍경들을 마주할 수 있다고, 그리고 무엇보다 맨 앞좌석이 정말 명당이라고 남미 여행을 가는 사람들에게 꼭 말해주고 싶다.

그렇게 17시간을 내리 달려 안데스 산맥 해발 3400미터 분지에 세워진 잉카의 도시, 고대 잉카 제국의 수도인 마추픽추의 관문이라는 쿠스코에 도착했다. 고산 지대답게 버스가 쿠스코에 도착해갈 무렵엔 점점 하늘과 가까워지고, 구름이 눈높이와 같아지기 시작하는데, 이때 '천국으로 향하는 버스를 탄 건가' 하는 착각이 들 정도였다. 땅에서 올려다보던 구름, 그리고 비행기에서 내려다보는 구름. 구름은 어디

버스에서 눈을 떠서 접한 풍경.

에서 바라보아도 항상 마음이 편안해진다. 그리고 오늘, 눈
높이와 같은 수평의 위치에서 구름을 바라다보았다. 고산지
대답게 기압으로 인하여 화장품이 빵빵하게 부풀어 터져버
려서 더러워진 가방을 보며 '앞으로 화장을 못하겠구나'라
는 생각에 아주 잠깐 걱정했지만 그래도 고산병 증세가 나
타나지는 않았으니 다행이라고 생각했다.

쿠스코로 가는 길목은 스위스를 연상시키기도 했고, 이탈리아의 남부의 어느 마을들을 떠오르게 만들기도 했다. 나처럼 겨우 겨우 휴가를 쪼개서 온 단기 여행자에게 어디선가 하룻밤을 머문다는 것은 사치라고 생각했지만, 쿠스코가 그렇게 좋다는 사람들의 말에 쿠스코에서의 1박을 결정했다. 남미에서 가장 아름답다는 마을답게 쿠스코의 중심부라는 아르마스 광장은 '아, 정말 여기서 몇 날 며칠 눌러앉고 싶다'라는 말이 절로 나오게 만들었다.

여행자들이 발걸음을 멈추게 만드는 도시, 여행자들의 블랙홀이라고 정평이 나 있는 도시들이 몇 군데 있는데 (이집트의 다합이라든지, 멕시코의 플라야 델 카르멘이라든지, 남미의 쿠스코라든지) 왜 이곳이 여행자들의 발걸음을 멈추게 만드는 도시인지 금방 이해하게 되었다. 예수상 언덕 위로 올라가서 내려다보던 쿠스코의 전경은 아직도 매일 그립다.

쿠스코의 강렬했던 태양이 지고, 쿠스코에 어둠이 깔리니 또 다른 태양이 뜬 것 마냥 황금빛으로 가득 찼다. 아르마스 광장의 오래된 쿠스코의 바닥들은 황금빛을 은은하게 반사시킨다. 리우의 예수상을 본떠서 만들었다던 그곳은 밤

마추픽추의 관문이라는 쿠스코.

에도 하얗게 반짝이는 예수상이 팔을 벌려서 마치 아르마스를 품고 있는 듯했고, 그 아래로 품어져 있는 마을은 낮과는 또 다르게 황금빛으로 빛났다.

■ **STAYING** Banana's advanture Hostel

이카의 대부분의 숙소에서는 버기투어를 함께 진행한다. 남미에서는 동행들과 여행을 함께하게 되면 즐거우니 동행을 많이 만날 수 있는 숙소가 좋다.

대자연의 나라, 호주를 여행하는 방식

아들레이드, 호주
Adelade, Australia

호주의 자연을 말할 때는 유난히 '대'자연이라는 말이 따라
온다. 그도 그럴 듯이 호주의 지명에는 'Great'라는 말이 많
이 붙는다. 그레이트 오션로드, 그레이트 베리어리프.

　　같은 나라, 도시를 여행해도 여행하는 여행자의 방식에
따라서 전혀 다른 곳을 본다. 드넓은 도로, 바다가 있는 호
주에서의 여정에서 특히 느꼈다.

　　남호주의 아들레이드는 스물두 살 때 교환학생 시절 한
달간 머물렀던 곳이다. 코로나가 끝나고 바쁜 비행 일정을
보내던 중 제주도에서 만난 캠핑을 좋아하는 커플이 한 달
간 호주로 로드트립을 떠난다는 소식을 들었다. 그들의 여행
일정 중에 열흘을 함께 여행하게 되었다.

대자연의 상징, 그레이트 오션로드.

Adelade, Australia

세상에서 가장 아름다운 해안도로라고 불리는 그레이트 오션로드는 호주를 여행하는 사람들이면 모두들 방문하는 곳이다. 나 역시 호주를 여러 번 방문하는 동안 가장 먼저 갔던 곳은 그레이트 오션로드였다. 그레이트 오션로드는 늘 그렇듯 관광객으로 가득 차 있었다. 30분씩 사진을 찍고 후다닥 지나가는 단체 투어차량이 수차례 지나가고 일몰이 시작되면 그때가 호주인들과 로드트립러들만이 볼 수 있는 진짜 그레이트 오션로드의 얼굴을 마주 할 수 있다. 단체 투어만 함께 해왔던 내게 늘 주어졌던 시간은 30분의 짧은 시간뿐이었고, 내가 이제껏 보아왔던 것은 그레이트 오션로드가 아닌 '오션로드'에 불과했다. 관광객들이 전부 빠지고 나서야 진짜 '그레이트' 오션로드를 볼 수 있는 시간이 되었다. 언제 어디서든 자연을 즐길 준비가 되어있는 로드트립러들의 필수품은 캠핑의자와 돗자리다. 로크 아드 고지가 정면으로 보이는 맞은편 모래바위 위에 돗자리를 깔고 자리했다. 로크 아드 고지는 원래는 연결되어있던 절벽의 중간이 파도로 인해서 침식되어 중간이 뚫려서 생긴 곳이라고 한다. 그 앞에 가만히 3시간을 앉아서 파도에 의해 침식되는 모습을 한없이 바라보며 눈에 하나하나 담았다. 아마도 우리가 그곳에 가장 오랫동안 머물렀던 사람들이었다.

호주는 마치 전국민이 캠퍼 같을정도로 캠핑과 로드트립의 천국이다.

드넓은 호주 땅을 여행하기 위해선 늘 새벽같이 일어나서 가야 할 곳들을 분주히 찍고 와야 했다. 그들은 하루에 한 장소에 가만히 앉아서 오롯이 대자연을 느끼고 있었다. 자연이 늘 두 얼굴을 가지고 있다는 것을 그때서야 알았다. 잠깐 왔다 가는 관광객에게 보여주는 얼굴과 오래 남아 사랑하는 사람에게 보여주는 얼굴이 있다. 그레이트 오션로드의 숨은 얼굴을 보기 위해서는 그 앞에 오래도록 앉아서 해가 그 얼굴을 비추는 모습을 바라보고 그곳에서 수영을 하는 것이었다. 그리고 그제야 그곳의 이름 앞에 그레이트라는 단어가 붙었는지 와닿았다.

그레이트 오션로드에서 차로 10분 거리에 있는 호주 캥거루 캠핑장.

그레이트 오션로드에서 10분 남짓 운전해서 가면 캥거루 수십 마리가 뛰어다니는 캠핑장이 있었다. 호주인들은 캠핑을 좋아해서 캠핑문화가 굉장히 발달해 있고 캠핑장에는 가족 단위의 호주캠퍼들로 가득했다. 무언가를 보기 위해 떠나는 여행이 아닌, 대자연과 맞닿아 그들에게 다가오는 캥거루들을 두 팔 벌려 맞이한다. 수없이 호주를 여행하며 그렇게 보고 싶었던 캥거루였다. 왈라비와 캥거루가 뛰어다니는 곳에 집을 짓고 날 것 그대로의 자연을 그대로 만끽한다. 딱히 무엇을 하지 않고 캠핑장 안에 있는 것만으로도 이곳을 즐기기에 충분했다. 밤에는 하늘 가득 별을 보고, 일어나면 호주에서 유명한 티 브랜드 T2를 마시며 조용히 아침을 맞이한다. 각 나라를 여행하는 방법은 여행자마다 다르겠지만 내가 갔던 그 어느 나라보다 경관이 뛰어난 이 나라의 대자연을 가장 풍성하게 여행하는 방법은 로드트립이었다.

"물놀이하러 가자!" 친구 커플이 400킬로미터를 달려 도달한 곳은 리틀 블루 레이크라는 푸른 색조를 짙게 띄고 있는 아름다운 싱크홀이었다. 로드트립을 하며 대자연을 즐기기 위해서는 언제든 발견할 수 있는 작은 호수에 뛰어들 수 있는 다이빙핀과 수영복을 챙겨야 한다. 마땅히 옷을 갈아입을 장소도, 화장실도 없는 작은 호수이지만, 불편함을 무릅쓰고 애써 도달한 곳이 더 낭만적으로 다가올 때도 있다. 가끔 제3자의 시점으로 타인의 여행을 바라볼 수 있는 기회가 온다. 여행을 '잘'한다고 생각하던 나는 타인의 여행 방식을 통해 또 다른 관점을 배우게 된다. 그리고 언제나 그렇듯 여행에는 정답이 없다는 것을 이들을 통해 다시금 느낀다.

호주에서 교환학생, 호주로의 비행, 호주를 수십 번 오면서도 오페라하우스에서 여유를 즐겨 본 게 전부인 나는

그레이트 오션로드에서
가장 좋아하는 장소,
로크 아드 고지.

호주의 대자연을 여행하고 있는 이 커플들과 함께하며 호주의 진짜 얼굴을 마주한다. 차에 장비를 잔뜩 싣고 구글 위성 지도만을 보고 멋져 보이는 곳으로 400킬로미터를 달려 도달한 곳에서 매일 새로운 집을 짓는다. 인위적인 것 하나 없이 자연 속에서 여행하며 자연 속에서 눈을 감고 뜬다. 매일 겪어내야 하는 격렬한 현실을 잠시 잊고 툭 떠나와 타인의 여행에 잠시 잠깐 스며들어 보았다.

언제든 대자연 속으로
뛰어들 준비가 되어 있는
다이빙핀. 그리고
짐을 잔뜩 싣고 떠나는
로드트립.

자연이 만들어낸 천연 수영장. 싱크홀 리틀 블루 레이크.

■ **STAYING** 호주 대자연을 즐길 수 있는 캠핑장

Kennett River Family caravan park

Princetown recreation reserve & camping

시간이 멈춘 도시, 아바나

아바나, 쿠바
Havana, Cuba

쿠바는 내가 다음 여행지를 고민할 때마다 자주 추천받았던 곳이다. 이미 쿠바를 경험한 여행자들은 내가 쿠바를 닮았고, 또 잘 어울릴 것 같다고 했다. 어차피 인터넷은 사용하기 어려우니, 빠르게 움직이는 현실을 좀 벗어나보라고도 했다. 도대체 쿠바가 어떤 곳이길래 다들 쿠바를 추천했을까 했는데 지금은 그 이유를 알 것 같다. 딱히 이렇다 할 유적지가 있는 건 아니지만 살사, 모히토, 체게바라, 헤밍웨이, 올드카. 쿠바를 수식하는 단어만 들어도 흥분될 정도였다.

이곳을 여행하는 모든 이들은 알록달록함을 만끽할 시간을 위해 휴대폰은 오프로 해둔다. 전 세계 어디든 여행하고 오지를 그렇게 다녀봐도 인터넷이 되지 않는 나라는 처

올드카가 가득한 아바나의 거리.

Havana, Cuba

음이다. 마치 공작새가 화려하게 날개를 한껏 펼쳐 미모를 뽐내듯이 이 나라의 색에 취해보라 한다. 아바나를 걷다 보면, 쿠바가 드러내는 다양한 원색의 색깔들을 말로 표현 할 길이 없다. 하루에도 여러 번 낯빛을 바꾸는 아바나의 색깔은 바라데로에서 아바나로 도착한 순간 또 다른 광경을 선사했고 나는 발길을 멈출 수밖에 없었다.

인터넷이 되지 않는 나라에서 길찾기란 꽤 로맨틱하다. 길거리를 지나가는 쿠바사람들에게 '올라! 올라!'를 외치며 열 번쯤 물어보면 맛집을 찾아갈 수 있다. 그렇게 해서 숙소를 찾아가는 방법을 터득했다. 벽화를 하나 찾은 뒤 맞은편에 예쁜 정원이 있는 집을 발견하면 여행 중 우리집이 되어 줄 숙소가 나왔다.

My Mojito in La Bodeguita, My daiquiri in El Floridita.
내 모히토는 라 보데기타, 내 다이키리는 엘 플로리디타.

_헤밍웨이

헤밍웨이가 쿠바에 남긴 구절은 쿠바를 여행하는 모든 관광객들이 달달 외워야 하는 문장이기도 하다. 쿠바에는 일명 헤밍웨이루트가 있다. 헤밍웨이는 전 세계를 돌면서 책을 썼는데 쿠바에 가장 오래 머물렀고 쿠바를 가장 사랑했다.

헤밍웨이가 사랑한 이 도시를 가기 전 그의 『노인과 바다』를 다시 읽었다. 이렇게 그림, 영화, 문학까지 좋은 작품이 많이 나오는 것을 보면 쿠바가 예술적 영감을 많이 떠오르게 만드는 상당히 매력적인 나라임에 틀림없다.

낮에는 올드카를 언제 타보겠냐며 친구들과 두 시간이 넘는 바라데로까지 달렸다. 밤에는 어쩐지 헤밍웨이가 모히토와 다이키리를 마시던 곳에 앉아있으면 절로 영감이 떠오를 것만 같아 매 끼니 모히토에 취해있었다. 휴대폰을 내려두고 친구들과 헤밍웨이가 즐겼다는 모히토와 다이키리를 마시며 밤새도록 이야기했다. 마주앉아 휴대폰만 하던 한국에서 벗어나 이곳에서는 친구들의 얼굴을 마주한다.

아바나의 거리는 거리마다 사랑하는 살사와 재즈가 흘러나온다. 마치 도시 전체가 공연장인 듯 사람들은 음악에 맞추어 길거리에서 춤을 춰서 덩달아 같이 춤을 추게 되는 신기한 나라다. 살사는 물론이고 룸바, 맘보, 차차차도 쿠바에서 시작되었다니 춤의 나라라고 할 만하다. 춤을 잘 추지 못하는 나였지만 모히토에 잔뜩 오른 취기는 용기를 북돋워

생동하는 아바나를 볼 수 있는 오비스포 거리. 항상 사람들로 넘쳐나는 곳.

주었다.

승무원으로 세계 여러 곳을 비행해서일까. 웅장하고 고풍스런 건물로 가득한 유럽의 어느 멋진 장소도 얼마 지나지 않아 시시해졌다. 다 비슷비슷하게 느껴졌다. 하지만 쿠바는 달랐다. '왜 그럴까?' 궁금했는데 쿠바를 다녀오고 난 뒤 이유를 알게 됐다. 올드카를 지나, 골목 사이사이로 들어가면 인도를 떠올리게 하는 거리가 펼쳐진다. 유럽처럼 멋진 건물이나 유적지, 혹은 그럴싸한 랜드마크가 있는 것은 아니지만 전혀 질리지 않았다. 막상 떠나려고 하니 뒤돌아보게 만드는 매력이 있는 도시였다.

시간이 흐른 뒤에 여행의 추억으로 다시 색을 입혀보면 그때의 색감과 달라진다. 기억 속에 바래진 그 도시의 색깔과 그때의 감정을 되살려본다. 뭔가 따뜻했고, 강렬했고, 초록의 느낌이 참 좋았다. 노란색은 쿠바의 햇빛이 더해질 때면 한층 따스해졌다. 카리브해의 에메랄드빛 바다와 기분이 좋아지는 색들로 가득 찬 거리를 걷다 보면 누구라도 행복해진다.

무지개색 음식을 먹으면 우울증이 줄어든다는 글을 본

적이 있는데 이토록 색을 표현해내는 쿠바에선 우울할 틈이 없다. 자신의 색을 가장 잘 드러내면서도 외부의 색을 자신의 색으로 소화하며 살아가는 나라라서 쿠바가 참 좋다. 특히 파스텔톤의 원색은 조화롭게 어울리되 자기중심을 잃지 않는 색들로 찬란하게 빛난다. 타인에게 비춰지는 나의 색은 어떤 색일지, 나의 삶 또한 강렬하기만 한 원색이 아닌, 파스텔톤의 색으로 조화로이 기억되어지길 바란다.

쿠바에서는 마음에 드는 색의 올드카를 골라 투어할 수 있다.

EATING

O'reilly(해산물파스타, 랑고스타, 모히토, 모든 메뉴),

El del frente(랑고스타=랍스타, 감바스, 파스타),

El Floridita/La Bodequita(헤밍웨이의 다이키리, 모히토 맛집)

HAVING

쿠바에서는 컬러풀한 옷을 챙기자.
내가 입은 옷과 같은 건물을 만날 수 있다.
그만큼 쿠바는 다채로운 색상을
지니고 있는 도시이다.

Together

함께였기에 더욱 선명한 기억들

긴 여행의 여정에서 누군가를 만나
잠시 함께하기도, 스쳐지나가기도 했다.
결국 시간이 흐르고 기억에 남는 건 길에서 마주친
사람들이었다. 그 어느 도시를 심지어 수백 번을
다시 가더라도 변치 않을 설렘을 만들어주는 것은
사람과 얽히며 만들어진 추억이다.

세상을 느긋하게 담는 낙관주의 여행자

코타오, 태국
Kho Tao, Thailand

태국의 지상낙원 코타오는 작디작은 섬이다. KHO(코)라는
말은 태국어로 섬을 뜻하는 귀여운 발음의 단어다. 코 팡안,
코 사무이와 같이 잘 알려진 태국의 다른 섬들에 비해 접근
이 어려워 도달하기 어려운 만큼 자연과 한층 가까운 곳이
다. 가는 길이 먼 곳은 늘 아름다웠다. 발리에서 한달살이
를 하며 30일 비자만료일이 다가오던 어느 날, 코타오의 선
셋이 세상에서 가장 아름답다는 친구의 말을 듣고 이름도
처음 듣는 태국의 작은 섬으로 발리에서 만난 친구와 그날
당일 비행기와 배편을 끊어 무작정 향했다.

매일 해 질 무렵엔 선셋이 예쁜 곳에 자리 잡았다.

코타오는 세상에서 가장 아름다운 선셋을 가지고 있다.

그곳은 모든 풍경이 음악이 되는 곳이었다. 코타오의 작은 마을에선 하루 종일 파도 치는 소리가 들리고 해변가에는 잔잔한 기타소리만이 들린다. 누구든 솔직해질 수 있을 것만 같은 곳이었다. 비행기를 두 번 타고, 차를 타고 또 배를 한 번 더 타고 16시간 만에 도달할 수 있는 조용한 이 작은 섬은 느린 여행이 잘 어울리는 곳이다. 아무 계획 없이 눈 뜨면 눈곱만 떼고 오토바이를 타고 나가 길에 있는 어떤 음식을 집어먹어도 맛있고, 아무 곳에나 들어가도 멋진 바다가 보인다.

그중에서도 제일 사랑하는 장소는 어느 곳에 앉아있어도 그림 같은 사이리비치다. 노을이 매일 멋진 이곳에서는 매일 해지기 시작하는 시간에 선셋이 예쁘게 보일 만한 곳에 자리 잡고 앉아서 한창 선셋을 바라본다. 친구의 말대로 세상에서 가장 아름답다는 코타오의 선셋은 눈물 나게 예뻤다. 모든 고민이 사라지게 만드는 선셋이었다. 밤에는 다 같이 모여서 맥주를 마시고 기분 좋게 취할 즈음에 그 옷 그대로 입고 바다에 뛰어들었다. 모든 곳이 천연 수영장인 이곳에서 밤 수영을 하면서 별을 보고 바다 깊숙이 손을 넣어 모래를 움켜쥔다. 보들보들 손에 잡혔다 사라졌다 하는 모래에 기분이 좋아서 한참을 모래를 만지며 논다. 낙관주의자들과 여행을 하게 되면 어린시절로 돌아간 것 같아서 기분이 좋다.

코타오는 마치 보금자리 같았다. 매일의 일과가 일몰을 보며 잠드는 일이라 알람이 없이도 일출에 맞추어 눈을 뜨게 된다. 일출을 구경하고 동네 한 바퀴를 산책할 때면 거리의 꼬치구이 냄새가 늘 우리의 발길을 붙잡는다. 지나가다가 육수 냄새가 진동을 하는 곳에서 한 접시에 1800원 하는 푸짐한 쌀국수를 먹는다. 구글맵으로 맛집을 찾았고 후기를 100개쯤은 읽어봐야 안심이 되는 나와는 달리 친구는 코로 맛집을 찾고 그의 후각은 항상 옳았다. 1초라도 다른 곳에 신경 쓰기 싫은, 행복하기에도 부족한 시간이기에 코타오에

코타오 선셋은 파스텔 색을 띤다.

서는 내내 행복만 했었다. 오토바이를 타고 작은 섬을 돌다 보면 점심 때 마주친 외국인 친구들이 또 보이고, 길을 걷다 보면 갑자기 산책하던 또 다른 친구와 우연히 마주치고, 카페에 들어가면 노트북을 켜고 글을 쓰고 있는 또 다른 친구가 보인다. 다이빙 성지로 유명한 코타오는 1분에 한 번씩 다이빙숍이 보이기에 오토바이에 늘 롱핀을 챙겨 다니며 바다로 뛰어들고 싶을 땐 주저 없이 뛰어들었다.

해외에서 비행을 마치고 호텔에 도착할 때면 늘 낯선 이방인이 되어 타인의 집을 방문하는 기분이었는데 코타오에서 머문 곳은 어쩐지 마치 집으로 들어가는 기분이었다. 무인도 같기도 하고, 외딴 섬 같기도 하고, 선셋만 보면 아무 생각이 없어지는 곳, 그곳이 코타오였다.

코타오에서는 굳이 뷰가 멋진 집을 찾아보지 않아도 어느 곳에 앉아도 파란 바다가 보인다. 한낮에 이곳에서 해야 하는 일은 물비늘을 오래도록 바라보는 일이다. 친구가 물비늘이라는 단어를 알려주었다. 윤슬이라는 말은 들어봤는데 물비늘이라는 말은 또 처음 들어본다. 윤슬이라는 단어보다는 어쩐지 '물고기 비늘같이 찰랑거리다'라는 뜻의 물비늘이 조금 더 와 닿았다. 예쁜 이름이다. 비치에 들어가 물놀이를 실컷 하고 해먹에 앉아서 태닝을 하는데 'This is my happy

코타오의 마지막 날 선셋.

'This is my happy place'
그 후로 사랑하는 장소를 발견할 때마다 외치는 말이 되었다.

place'란 팻말이 보였다. 행복해지기 위해선 자신만의 공간을 많이 만들어 놓아야 한다고 했다. 전 세계에 행복해지는 공간을 많이 만들 수 있다는 것은 승무원으로서 누릴 수 있는 최고의 행복들이었다. 그 후로는 어느 멋진 장소를 발견할 때마다 종종 마음속에 'This is my happy place'라는 팻말을 꽂아놓곤 했다.

누군가와 여행을 하게 되면 그 사람에 대해서 메모장에 끼적거리는 습관이 있다. 나에게 여행은 무언가를 해야만 하는 것이었다. 여행 중 누군가 나에게 그래서 여행계획이 뭐냐고 물으면 시간 단위로 줄줄 스케줄을 읊던 나였다. 친구는 나와는 정반대로 살아가는 사람이었다. 아주 느리고 낙관적이라는 단어가 사람이라면 그 친구일 것이다. 친구와 여행을 하며 누군가가 "계획이 뭐니?", "한국은 언제 들어갈 거니?"라고 물으면 'No plan'이라는 말을 하게 되었고 길 위의 사람들은 'No plan is the best plan'이라는 말로 화답해 주었다.

여행을 꽤 많이 한다고 자부하는 사람으로서 나는 누군가의 여행스타일에 온전히 녹아들어가 본 적이 없다. 늘 사람들은 체계적으로 계획하는 나를 바라보았고, 난 늘 그 기대에 부응하며 그들의 멋진 가이드가 되어주기 위해서 분 단위의 완벽한 계획을 짰다.

그러나 갑작스레 오게 된 코타오에서는 정말 아무 생각 없이 친구의 여행을 졸졸 따라 다녀보았다. 오토바이 뒤에 타서 노을이 보이는 곳, 물비늘이 보이는 방향을 따라 쫓아 가다 보면 예쁜 곳이 나오고, 길을 가다가 맛있는 냄새가 나 면 멈춰 서서 맨발로 바닥에 주저앉아 먹는다. 아무 계획이 없는 중에 선라이즈와 선셋만은 꼭 챙겨서 본다. 특별한 일 정과 빠듯한 계획이 없기에 길에서 마주하는 사람들에게 시 간 내는 것을 좋아하고, 도움이 필요한 곳에선 멈춰서기도 한다.

아무것도 모르는 여행을 했다. 구글맵을 켜지 않았다. 매일 앞장서서 길을 찾아주던 나는 이곳에서 어딘가를 혼 자 찾아가는 길도 몰랐다. 휴대폰을 껐다. 모든 여행마다 가 계부를 빼곡히 작성하던 나는 몇 바트가 한국 돈으로 얼마 인지도 모른 채로 따라다녔다. 그래서 나는 아무 생각도 없 고 화장도 하지 않고 잘 자고 잘 먹는 여행을 했다. 발리에 서 매일매일 예쁜 수영복으로 갈아입어야 직성이 풀리던 나 는 이곳에서 매일 같은 옷을 입고 지냈다.

멋진 여행이었다. 그의 편안하고 자연스러운 모습 덕에 예쁜 여행을 좋아하던 나는 어느새 그의 느린 여행 방식에 자연스럽게 녹아들었다.

어쩌면 나는 그동안 여행하는 법을 몰랐는지도 모른다. 특별한 무언가를 하지 않고도 진심으로 자연과 길에서 마주하는 사람들을 사랑하는 법을 배웠다.

진짜 여행을 처음으로 배웠던 코타오. 발리로 떠나기 전날, 마지막 날 코타오의 선셋을 담기 위해 코타오의 높은 뷰포인트로 올라갔다. 발리로 다시 돌아가야 하는데 선셋을 볼 때마다 자꾸만 일정을 미루게 되었던 섬이다. 매일매일이 이렇게 예쁜데 내일 하늘이 궁금해서 도저히 발길이 떨어지지 않는 사랑스러운 섬이었다. 매일매일 다른 하늘을 보여줘서 고마웠던 나의 작은 코타오, 그곳에서는 모두가 느린 여행을 해보길.

▪EATING Sairee hotpot & BBQ(삼겹 샤브샤브)
핫팟, 그리고 디저트로는
코코넛 셰이크를 추천한다.

방비엥은 꼭 함께 떠날 것

방비엥, 라오스
Vang Vieng, Laos

직업이 승무원이다 보니 여행지를 추천해 달라는 질문을 많이 받는다. 그런 질문을 받을 때마다 나는 늘 누구와 여행을 하는지 먼저 물어보고 친구들과 여행한다고 하면 무조건 방비엥을 추천한다. 다양한 나라를 여행하는 걸 좋아하는 편이지만 예외적으로 방비엥은 정말 여러 번 갔던 도시였다. 그리고 그곳으로 떠날 때마다 항상 내가 아끼는 친구들과 함께였다.

누군가 라오스를 여러 번 가는 이유를 물을 때마다 그 예쁜 산과 구름과 자연과 감정을 짧은 문장으로 표현할 길이 없어 자꾸만 좋아하는 사람을 데리고 그곳으로 향하게 되었다고 말하곤 한다.

5년 전, 나의 동갑내기 친구가 처음 나에게 방비엥이라

산, 구름, 바람, 친구들과 함께였던 튜빙 타러 가는 길.

는 도시로 떠나자고 했을 때는 이렇게나 멀고 험한 길을 가야 하는지 몰랐다. 비행기로 4시간을 날아 비엔티안에 도착한 후 밴을 또 4시간을 타야만 갈 수 있는 곳이었다. 조그마한 밴에 가는 길도 꽤 험해서 가는 내내 멀미를 했다.

깜깜한 새벽, 녹초가 되어서 호텔에 도착한 나를 데리고 친구가 처음으로 간 곳은 버터냄새가 진동을 하는 어느 길목이었다. 그것이 그 유명한 '방비엥 샌드위치'와의 첫 만남이었다.

하나에 10000낍(한화로 약 2천 원 정도)하는 '치킨 베이컨 에그 샌드위치'를 주문하면 이모가 능숙한 손놀림으로 만들기 시작한다. 버터기름을 가득 바르고 맛있을 수밖에 없는 재료를 잔뜩 넣는다. 어디서나 누구나 만들 수 있을 것 같았는데 막상 방비엥을 떠나면 그 맛을 찾지 못한다. 꾸덕꾸덕한 수박 셰이크나 망고 셰이크 한 잔을 곁들이면 강촌 같은 이 구석진 방비엥에 8시간 동안 멀미하며 오는 게 납득된다.

다음날 아침, 눈을 뜨면 방비엥에서 가장 훌륭하다는 아마리 호텔의 뷰에 압도당한다. 함께 오는 친구들에게 항상 하는 말은 '옷은 아무것도 싸오지 말 것' 그리고 라오스에 도착한 첫날 가장 먼저 해야 할 일은 도착하자마자 호텔 앞 작은 상점으로 옷을 사러 가는 것이다. 만 원도 채 되지 않는 가격에 형형색색 그리고 무엇보다 라오스랑 참 잘 어울리는 옷들이 있다. 친구들과 서로 대보고 골라주며 맘에 드는 옷을 잔뜩 고른 뒤 호텔 앞에서 오천 원도 안되게 양손 가득 채운 망고를 잔뜩 사서 오늘 낮에는 어떤 액티비티를 즐길지 모여서 의논을 한다.

우리는 블루라군으로 향하는 이동수단으로 오토바이를 선택했다. 오토바이말고도 버기, 툭툭이 등 여러 가지 수단으로 갈 수 있다. 자동차를 타고 다니면 30%를 보고, 스쿠터를 타고 다니면 50%를 보고, 걸어 다니면 100%를 본다는 옛말이 있는데, 이 중 오토바이는 라오스를 느낄 수 있는 수단이었다. 오토바이를 타고 가는 길에 낮에는 수채화 같은 산이, 밤에는 달과 별이 우리를 행복하게 만들어 주었다.

블루라군에 도착한 우리가 할 일은 아무 생각 없이 물에서 친구들과 즐기는 것뿐이다. 짚라인을 타고 물놀이를 하다가 지칠 때쯤 망고를 까서 뚝배기라면과 라오 비어를 한잔 한다. 그리고는 스피커를 연결해서 말도 안 되는 춤을 아무렇게나 춘다. 소소한 것들이지만 우리가 함께라면 즐거운 것들로 가득 채운다. 날씨가 좋은 어느 날에는 튜브를 하나

오토바이는 라오스를 가장 잘 느낄 수 있는 수단이다.

씩 빌려서 강을 따라 내려가기도 한다. 튜빙은 산, 구름, 바람, 친구들만으로 충분했다. 각자의 튜브에 손과 발을 걸쳐서 일곱 개의 튜브가 함께 강물을 내려가며 수다를 떤다.

물놀이를 실컷 마친 후 해가 질 저녁 무렵에 꼭 해야 할 것은 강과 산이 잘 보이는 카페에 자리잡고 누워서 산 위로 흘러가는 구름을 내내 지켜보는 일이다. 천첩옥산, 신선놀음, 유유자적. 사자성어로만 들어오던 단어가 처음으로 떠올랐던 곳이다. 아마도 이 모든 단어들은 방비엥을 위해 존재하는 말이지 않을까 생각한다. 하늘 위에서 일하며 많은 풍경을 거쳤지만 가만히 보고만 있어도 지루하지 않게 구름을 보며 시간을 보낼 수 있는 곳이기도 하다.

친구들 한 명 한 명이 여행의 매 순간에 함께했고, 그들의 웃음과 한마디 한마디가 나의 라오스 여행을 만들어주었다. 서로서로 행복하게 살면서 함께 평생을 즐겁게 늙어가면 좋겠다고 말할 수 있는 곳을 꼽으라면 바로 라오스의 방비엥이다. 내게 라오스는 언제나 좋은 사람들과 함께하는 곳이었기에, 살아가면서 좋은 사람들을 만나게 되면 라오스에서의 행복한 시간을 또 꿈꾸게 된다.

내가 느꼈던 감정을 새롭게 만난 이들에게 고스란히 느

끼게 해주고 싶다. 라오스 여행 중에 무의식적으로 계속 내뱉던 '나 너무 행복해'라는 말을 친구들도 하게 될 때, 내가 사랑하는 여행의 순간을 친구들도 함께 느낄 때 나는 더욱 행복해진다. 그리고 그렇게 우리는 서로가 서로의 추억이 된다.

바게트 샌드위치를 먹을 때 떠오르는 사람, 카오삐약을 처음 함께 먹었던 사람, 야시장을 걸을 때 생각나는 사람, 시장에 걸려 있는 옷을 보며 떠오르는 사람. 라오스 곳곳에는 내가 좋아하는 사람들과의 기억이 묻어 있다.

어쩌면 나는 방비엥의 구름이 좋아서가 아니라, 방비엥의 구름을 보며 함께 누워있던 친구들과의 시간이 좋았는지도 모르겠다.

방비엥의 푸른 자연을 가로지르는 짚라인.

STAYING

아마리 방비엥, Song River Road Sawang Village

EATING

렝블리이모네샌드위치(바게트 샌드위치), 피핑쏨(삼겹 샤브샤브)

DOING

블루라군, 짚라인, 튜빙

Vang Vieng, Laos

아르헨티나에서는 빨간 드레스를

부에노스아이레스, 아르헨티나
Buenos Aires, Argentina

탱고는 실수할 게 없어요. 인생과 달리 단순하죠.
만일 실수하면 스텝이 엉키고, 그게 바로 탱고죠.

_영화 〈여인의 향기〉 중

부에노스아이레스로 떠나게 만든 이유는 단지 탱고 하
나였다. 여행을 떠나게 만드는 건 언제나 책 한 구절과 영화
의 한 장면으로도 충분한 계기가 된다.

대부분의 남미 여행자들에게 부에노스아이레스는 파
타고니아와 같이 거대하고 광활한 남미대륙을 여행하고 잠
시 들리는 작은 도시 정도일 뿐이다. 몇몇 여행자들은 부에
노스아이레스가 참 시시한 동네라고 했는데, 탱고 하나만을
꿈꿔온 내게 부에노스아이레스는 낮과 밤 할 것 없이 바쁜

아르헨티나의 탱고바 바수르.

아르헨티나 국기 모양의 거리.

도시였다. 파타고니아에서 내내 신고 다니던 무거운 등산화를 벗어던지고 산뜻한 단화로 갈아 신었다.

탱고의 발상지인 라 보카에서 제일 유명한 카미니토 거리로 가서 왠지 영혼까지 멋있을 것 같은 그들의 춤을 감상했다. 사람들이 왜 부에노스아이레스를 사랑하는지 알 것만 같다. 남미를 여행하며 부에노스아이레스에 고작 나흘이라는 시간밖에 할애하지 않은 내가, 카미니토 거리의 여자들에게서나 나는 탱고 향기를 탐낸다는 건 그야말로 욕심이겠지만 그 향기를 질리도록 맡기엔 넉넉한 시간임이 분명하다. 온 신경을 집중해 보고 느끼는 것만으로도 충분히 행복할테다.

부에노스아이레스와 사랑에 빠지게 되어도
놀라지 말자. 당신이 처음도 아니오, 마지막도 아닐테니.

부에노스아이레스에 머무는 동안, 한인 사장님이 운영하는 부에노까사라는 게스트하우스에서 지냈다. 그날은 거기서 만난 동행들과 함께 바수르로 가기로 한 날이었다. 꼬질꼬질한 배낭가방에서 멋진 새빨간 드레스를 한 벌 꺼냈다.

멋진 드레스 한 벌을 가져온 배낭 여행자에게 게스트하우스 사장님은 젊은 시절 탱고를 출 때 신으시던 구두 한 켤레를 우리에게 빌려주셨다. 게스트하우스에서 만난 동행들과 함께 낮에 DNI 탱고 스쿨에 다녀왔다. 아르헨티나에서는 탱고 강습을 해주는 곳들이 많았고, 매일 다른 탱고클래스를 듣는 재미가 가득했다. 1회 무료 강습 쿠폰을 야무지게 다운 받아서 원데이 클래스를 들으며 탱고의 기본 스텝을 배워왔다. 그리웠던 반도네온의 멜로디가 흘러나오기 시작했고 대학시절 즐겨 듣던 선율이 나오기 시작했다. 음악을 전공했던 나에게 탱고의 본고장에서 피아졸라의 곡들이 흘러나오고 댄서들은 음악에 맞추어 탱고를 추기 시작한 순간은 말로 표현할 수 없을 만큼 감동적인 순간이었다.

한참을 춤을 추던 사람들이 멋지게 드레스를 차려입은 우리에게 다가와서 함께 춤추기를 권유했고, 몸치인 나에게 그 순간만큼은 부에노스아이레스를 온몸으로 느끼게 되는 순간이었다. 삼수 시절, 국악과가 아닌 실용음악과에 진학해 다양한 장르를 연주하고 싶다고 생각하게 된 계기는 어느 날 해금으로 연주된 피아졸라의 〈Libertango〉를 듣고 나서였다. 특히 반도네온 소리를 들으면 에너지가 생기는 기분이

카미니토 거리의 곳곳에서 탱고를 추고 있다.

었다. 탱고가 너무 좋아서 피아졸라의 〈Libertango〉를 입시 곡으로 선택해서 대학을 갔고, 나의 신입생 연주회 첫 곡 또한 탱고였다.

대학을 졸업한 이후로 나의 로망 도시는 부에노스아이레스였다. 마음 속 깊은 버킷리스트는 탱고의 본고장으로 가서 탱고를 직접 들어보는 것이었고 오늘에서야 이루었다. 공연에 흠뻑 빠져서 한참을 보다가 끝나갈 무렵 〈Libertango〉 연주가 흘러나오기 시작했을 때의 전율은 말로 표현할 수가 없다. 그 나라가, 그 도시가, 그 장소가 가진 고유의 선율이 있다. 나에게 아르헨티나 부에노스아이레스는 리베르탱고 그 자체였고 음악은 만국공통어라는 말을 실감했다. 그리고 그러한 탱고를 품은 부에노스아이레스를 사랑할 수밖에 없었다.

시간이 한정적인 직장인 여행자인지라 한 번 갔던 여행지보다는 새로운 곳을 선호하는 편이지만, 다시 오고 싶다고 생각한 도시는 부에노스아이레스가 처음이다. 또 다시 부에노스아이레스로 돌아와 탱고와 사랑에 빠지길.

■ **DOING** 탱고 클래스

DNI TANGO, 국립탱고아카데미, Mariposita de san telmo

■ **SEEING** 탱고 쇼

피아졸라 탱고쇼, BARSUR, Salon canning, Maldita Milonga

남미의 여행자는 이름을 남기지 않는다

리마, 페루
Lima, Peru

길어진 휴가 탓에 빡빡해진 비행스케줄. 마지막 뉴욕행 비행을 마치고는 잘 다려진 유니폼과 캐리어를 끌고 떠나는 대신에, 아주 편한 바지를 입고 15킬로그램 무게의 배낭을 둘러메고 집을 나섰다. 두 번의 시차를 넘나들고 하루 꼬박 걸려 도착한 페루의 수도 리마. 나의 첫 남아메리카였다.

　- 올라! 부에나스 노체스!

입국 심사를 하며 처음으로 스페인어를 외쳐보았다. 영어권이 아닌 나라, 그것도 머나먼 남미까지 혼자 가는 건 처음인지라 잔뜩 긴장이 되었었는지 비행기 티켓을 끊어놓고 나름의 기초 스페인어를 공부했다. 자, 나의 스페인어가 이

리마에서 만난 나의 첫 동행들과 이카까지 함께했다.

제는 빛을 발휘할 때다. 비행기에서 100번은 더 중얼거려본 인사를 능숙한 척 외쳐보았다.

- 꼬모 에스타스?

다정하게 안부 인사를 물어봐주는 입국심사관. 비행 갈 때마다 입국심사관들에게 으레 건네던 말들처럼 "오늘 비행은 너무 길어서 힘들었어"라는 식의 농담을 쿨한 척 던져보고 싶었으나 그 순간 기억나는 단어는 "하와유 아임파인 땡큐" 뿐이었다. 교과서적으로 "무이 비엔!"이라고 외치고 공항 밖을 나서니 여기가 지구 반대편의 페루. 3월의 페루는

공항에 도착하면 픽업 기사님이
잘 나와 계실까 걱정된다.
그러다 만나면 이내 안도감이 든다.

겨울에서 봄으로 넘어가는 우리나라의 정반대에 있는 나라여서 늦여름과 초가을 그 사이 즈음의 덥지도 춥지도 않은 내가 딱 사랑하는 날씨로 반겨주었다.

남미의 숙소는 공식 홈페이지를 통해 예약을 하는 다른 나라들의 시스템과는 달랐다. 페이스북 메신저의 'OK'라는 대답 하나로 확약 메일조차 없이 예약이 끝나버리는 바람에 예약이 잘된 건지 안 된 건지 알 수가 없었다. 예약한 호스텔에서 무사히 픽업을 잘 나올지 반신반의 떨리는 마음으로 공항 밖을 나서니 저 멀리서 픽업기사가 내 이름을 쓴 화이트보드를 들고 반겨주며 악수를 청했다.

분명히 픽업 비용은 55솔이라고 했는데, 60솔을 부르는 그에게 '너무 비싸다. 깎아 달라'는 의미의 "무이까로! 신코신코"라고 말하니 쿨하게 알겠다며 고개를 끄덕이던 픽업기사님. 앞으로 여행 동안 "무이까로"를 남발해야겠다고 다짐하는 순간이었다.

항상 혼자 여행을 떠날 때마다 가장 떨리는 순간은 비행기를 타고 첫 숙소에 도착하는 일이다. 새벽 1시, 처음 도착했던 리마의 숙소는 4인 1실의 도미토리였고 리마에서 가장 저렴한 호스텔이어서 돈을 아끼며 남미를 여행하는 장기여행자들 사이에서 꽤나 알려져 있던 숙소였다. 고작 9박 10일의 단기여행자가, 그리고 돈을 아껴가면서 자야 하는 가난한 여행자가 아니었음에도 하룻밤에 5천 원도 안 되는 4인실의 15솔짜리 숙소를 예약한 건, 단기여행밖에는 할 수 없는 내가 조금이라도 장기여행자들의 기분을 느끼고 싶었던 이유 때문이었다.

도미토리의 침대는 한 자리만 남긴 채 모두 가득 차 있었고, 다들 몸만 간신히 누일 정도의 작은 사이즈의 침대에서 곤히 잠을 청하고 있었다. 다른 여행자들이 혹여 깰까봐

리마에서 가장 저렴하다는 Tourist's hostel엔 반가운 태극기가 걸려져 있다.

조심조심 휴대폰 라이트를 비추며 첫 숙소에서 짐을 풀며 "휴! 반은 성공했다"라고 안도의 한숨을 내쉬었다. 저렴한 만큼 에어컨도 없고 엄청나게 더운 숙소였지만 그 순간만큼은 나도 장기여행자가 된 기분으로 여행자들의 냄새가 가득 묻어있는 작은 호스텔 한편에 누워 잠을 청하였다.

이날은 리마에서 4시간을 다시 버스를 타고 이동해서 이카로 가는 날이었다. 하루 5천 원짜리 조그마한 리마 호스텔에서 만나게 된 첫 동행. 이곳에는 직장을 떠나고 오거나, 머릿속에 생각이 많아서 왔거나, 삶의 변화를 주기 전에 혹은 취업하기 직전에 마지막 여행을 떠나왔던가 하는 사연 많은 여행자들이 참 많았다. 마침 리마에서 이카까지 가는 일정이 같았고, 아직 조금은 남미라는 낯선 나라에 긴장하고 있던 나에겐 반가운 소식이어서 같이 가자는 말에 흔쾌히 고개를 끄덕였다.

"이야, 진짜 오랜만에 여자랑 이야기를 하네. 정장을 입고 나왔어야 했네!" 하고 시답잖은 농담을 건네며 15킬로그램짜리 배낭을 매고 앞장서던 김형. 서른한 살에 쿨하게 직장을 내던지고 나와 이름이 뭐냐고 묻는 나에게 "그냥 김형이라고 부르면 돼" 하던 이름 모를 오빠는 현재 3개월째 세계여행 중이라고 말했다. 분명히 우리는 오늘 아침에 처음 봤지만 처음 만난 사람들 같지 않았다.

이카까지 가는 4시간 동안 김형의 긴긴 여행스토리를 듣다보니 그가 다녀왔던 도시를 같이 여행하는 기분이었다. 인도를 거쳐 네팔, 남미를 여행하는 중이고, 이 이후에는 중미로 넘어가서 쿠바를 여행할 거라는 김형의 이야기는 한편의 여행 책 같아서 4시간이 짧게 느껴질 만큼 시간 가는 줄 몰랐다. 여행을 다니다 보면 식상해지는 풍경들이 있지만 사람들은 언제나 새롭다. 어느 순간 그게 좋아서 나는 도미토리에 머물며 사람들을 만나고, 길 가는 사람들과 대화하는 걸 놓치지 않는다. 여행을 하며 일상에서는 만날 수 없는 다

이카까지 가는 4시간,
우리는 페루에서만 판다는
황금색 잉카제국을 닮은
잉카콜라를 샀다.

양한 직업과 연령의 사람을 만나 한 사람의 인생을 듣는 건
마치 책 한 권씩 읽는 기분이었다.

인도의 바라나시, 네팔의 안나푸르나를 등반했던 이야
기를 해주었다. 설산 사진을 잔뜩 보여주며 자신은 네팔에
서 게스트하우스를 차리고 싶다고 했다. "2억 필요하대. 돈
은 못 벌고 입에 풀칠만 하는 정도래"라고 말했지만 김형의
눈은 빛났고 참 멋있는 사람이라는 생각이 들게 만들었다.
나이가 들어 취직을 하고 사회생활을 하며 어느 정도 삶의
안정을 찾은 뒤에 만나는 사람들은 더 이상의 꿈이나 목표
가 없는 사람들이 많았고, 삶을 '살아지는 대로' 사는 사람
들 사이에서 '살아내는' 사람들을 찾기란 힘들어서 그런지
하고 싶은 게 분명히 있는 그의 삶이 아름다워 보였다.

김형의 이야기를 들으며 방랑벽이 생겨 히말라야 등반
을 그 자리에서 버킷리스트에 추가했다. "오빠가 네팔에 게
스트하우스를 차리면 내가 꼭 놀러갈게요"라고 말한 뒤 페
루에서만 마실 수 있다는 노오란 잉카콜라를 김형과 짠 하
고 마셨다. 그리고 이카에 도착해서 작별인사를 하며 나는
김형의 남은 긴 여행을 위해 내가 가지고 있던 튜브 고추장

을 건네주었고, 김형은 고산지대로 이동하는 날 위해 고산 병약을 건네주었다. 헤어지기 전 "그래서 오빠 이름이 뭔데요?"라고 물었지만 김형은 끝끝내 이름을 알려주지 않고 떠나버렸다.

사실 김형은 현명했던 것인지도 모른다는 생각이 들었다. 나의 무수한 여행에서 스쳐지나간 수많은 동행들의 이름을 다 기억하지 못하는 내가, 되려 김형을 더 기억하게 되는 건 그가 이름을 알려주지 않아서였는지도 모르겠다.

얼굴이 흐릿하게 잘 기억나지 않지만, 첫 남미 여행의 첫 동행이던 김형. 리마에서 이카까지 4시간 동안 즐거웠던 기억만은 진하게 남아있다.

끝끝내 이름을 알려주지 않은 김형과 이카의 사막투어를 마지막으로 안녕.

훗날 혹시라도 만나게 된다면 그때는 꼭 이름을 물어봐야지.

ᴴᴬⱽᴵᴺᴳ 남미에서 필요한 꼭 필요한 고산병약

고산병을 예방하는 법은 높아지는 고도에 적응할 수 있도록 시간을 주면서 서서히 고도를 높이는 것이다. 한국에서 의사에게 고산병약을 처방받거나, 남미 현지에서 사도록 한다.

마추픽추행 열차 티켓을 버린 이유

아구아칼리엔테, 페루
Agua caliente, Peru

마추픽추로 올라가는 길목은 다양하다. 우선 여행 경비에 여유가 있는 여행자들이 택할 수 있는 페루레일은 왕복 티켓값만 10만 원이 훌쩍 넘어가지만 3~4시간이면 갈 수 있다. 그 다음에는 버스와 기차를 이용해 가는 법, 마지막으로는 강인한 체력과 정신력으로 똘똘 무장된 여행자들이 택하는 트레킹 코스가 있다.

이미 17시간의 야간버스를 탄 이후였고, 단기여행자에게는 시간이 금이기에 한국에서 페루레일을 미리 예약하고 왔다. 더불어 직장인이 된 내가 배낭여행자를 자처할 이유가 없어졌기 때문이다. 하지만 쿠스코에서 만난 동행이 트레킹이 훨씬 더 좋을 것이라는 말도 안 되는 꼬임에 넘어가 페

잉카제국의 대표적인 유적지. 잃어버린 공중도시 마추픽추.

루레일 티켓을 다른 사람에게 50달러에 팔아넘겼다. 기차 대신 트레킹과 숙소 식대까지 해결할 수 있는 값싼 투어까지 덜컥 예약해버렸다. 마추픽추를 함께 가고 싶어서 미리 구했던 여행 동행오빠가 쿠스코에서 홀로 기다리며 버스정류장까지 픽업 나온 의리를 저버릴 수가 없었던 건지, 이참에 내 체력이 언제까지 버틸 수 있을지 극한 체험 테스트를 하고 싶은 발상에서 나온 것인지는 몰라도 그렇게 6시간의 밴을 타고, 3시간을 트레킹을 하는 코스로 마추픽추를 가기로 결정했다. 그렇게 해서 물통 하나와 배낭 하나를 둘러메고 마추픽추가 코앞에 있는 아구아칼리엔테까지 천천히 잉카제국의 산과 구름과 물과 공기를 모두 마시며 잉카레일 길을 따라 마추픽추를 향해 걸어갔다.

마추픽추까지 올라가는 길은 그리 녹록치 않았다. 트레킹이라고 하기에 딱 그 정도의 난이도라고만 생각했던 나는 이건 트레킹이 아닌 등산이었음을 깨닫게 되기까지는 그리 오랜 시간이 걸리지 않았다. 그래도 홀로 떠난 여행에 오랜만에 생긴 동행 덕에 퍽 지루하지는 않았다. 쿠스코에서 동행하게 된 두 번째 인연, 변리사로 일하다가 서른한 살에 직장을 그만두고 남미로 온 동행오빠. 확실히 남미는 직장 때려치고 오는 게 제맛인가보다. 내 성격에 아직도 직장을 때려치지 않은 게 용하긴 하지만, 그나마 승무원이라는 직업을 가지지 않았더라면 확실히 나도 남미여행자 퇴사자 무리중에 한 사람이었을 것 같다. 마추픽추를 향해 가는 내내 오빠에게서 직장 관두라는 말을 100번은 더 들었다.

본인 일행이 있었음에도 불구하고 초면인 나를 위해 일행을 먼저 아구아칼리엔테로 보내고 쿠스코에서 남아 나를 기다려줬던 오빠. 17시간을 엄청난 긴장 속에서 주변을 경계하며 도착한 버스터미널에서 오빠를 처음 만났을 때 오랜 남미여행으로 익숙해진 스페인어를 유창하게 하는 오빠가

마추픽추의 베이스캠프가 되는 아구아칼리엔테에서 3시간을 걸어 마추픽추로 도달하는 트레킹.

얼마나 든든하던지. 오빠를 졸졸 따라다니며 환전도 하고, 마추픽추 트레킹까지 예약했다. 그 당시 멀리 한국에서 개인적으로 힘든 일이 생겨버리는 바람에 2박 3일 동안 감정 변화의 끝판왕을 보여주며 울고 웃으며 트레킹을 하는 내내 끝까지 나를 버리지 않고 함께 마추픽추까지 가주었다. 그리고 그곳에 도착했을 때 반겨주던 오빠의 나머지 동행들.

오빠의 변리사 동기였던 또 다른 오빠와 부산에서 셰프를 하고 있던 친구, 또 절대 40대의 나이로는 안 보이던 길을 너무 잘 찾던 오빠, 그리고 남초현상이 극심했던 남미에서 함께 예쁜 감정을 공유할 수 있고 여전히 아름다운 인연으

마추픽추가 선물해준 나의 소중한 인연들.

로 이어지고 있는 서희와 정인이까지 모두 마추픽추에서 함께했다. 역시 아름다운 건 함께 보면 더 즐거운 일이라고 누군가 한 말은 옳았다. 우리 중에 누군가가 '멋지다! 최고다!'라고 외쳤을 때 그 감정이 메아리처럼 돌아올 수 있는 사람들과 함께 한다는 건 굉장히 멋진 일이다.

새벽 4시, 마추픽추까지 이르는 첫 번째 버스를 이용하기 위해 눈을 떴다. 마추픽추에서 인생사진을 찍겠다고 잔뜩 들떠서 쿠스코에서 샀던 옷과 판초와 팔찌로 꽃단장을 하고 출발을 했다. 그런데 웬걸, 아침부터 먹구름이 잔뜩 껴서 비가 내리고 있었다. "에이, 설마 9박 10일 일정에 마추픽

나의 남미 동행 정인과 서희의 흔적이 묻어 있는 포즈

추랑 우유니 밖에 없는데 마추픽추를 못 보고 가겠어?"라는 마음에 불안해져 구름이 걷히길 바라며 꼭대기를 향해 올라갔건만 돌아오는 건 점점 더 심해지는 빗방울이었다. 우울함을 가득 안고서는 다시 마추픽추를 내려와 비를 잔뜩 맞아 추워진 몸을 녹이며 날씨가 개길 하염없이 기다렸다.

다시 오전 11시, 두 번째 시도. 날씨가 점점 개기 시작하는 게 입구에서부터 잔뜩 들떠버렸다. 말로만 듣던 침 뱉는 라마랑 사진도 찍고, 동영상도 신나서 촬영하는 동안 구름이 걷히며 구름 속에 숨어있던 잉카 유적, 마추픽추가 나타났다. 와. 세계 4대 불가사의라는, 어느 날 갑자기 모든 게 사라져버렸다는 그 도시가 구름 속에서 얼굴을 드러내는 순간이란. 그리고 또다시 구름으로 가려지기도 하며 사라지던 마추픽추는 정말 경이로움 그 자체였다. 아마 마추픽추 하늘이 예쁘게 걷힌 건 그들의 복이 아니었을까.

오빠가 내 페루레일 티켓을 쿨하게 팔아버리는 바람에 트레킹으로 고생할 때마다 나는 마추픽추에 도착할 때까지 투덜거렸다. 그리고 우리는 '쿠스코로 돌아가는 길에는 꼭 기차 타고 가자'며 다짐을 했으나 마추픽추의 경이로움에 눈이 팔려 기차를 또 놓쳐버렸다. 3시간의 트레킹 코스를 또 다시 걸어서 가야만 했다. 게다가 다음 여행 일정을 촉박하게 짠 탓에 3시간의 거리를 2시간 만에 가야하는 상황이 생겨버렸다. 오빠는 내 가방까지 앞뒤로 둘러메고선 1시간 40분만에 초고속 경보로 시간을 단축시켜서 무사히 도착했다.

우유니로 떠나기 전 쿠스코에서의 마지막 밤에 오빠와 스피커를 가지고 옥상 꼭대기에 올라가서 쿠스코의 야경과 별을 바라보며 노래를 들었다. 반짝 반짝 빛나던 아르마스를 눈과 마음에 깊이 새기던 순간, 아직도 그날의 아름다움과 오빠에 대한 고마움은 잊을 수 없는 예쁜 기억으로 남아 있다.

▪DOING 남미 동행 구하기
네이버 카페 '남미사랑', 오픈카카오톡 '남미사랑', 한인민박

시계 방향과 반시계 방향 속에서 만난
남미 나그네들

마추픽추, 페루
Machu Piccu, Peru

흔히들 인생을 여행길에 비유하지만, 나는 그중에서도 인생을 남미의 여행길로 비유하고 싶다. 스물여덟, 지구 반대편의 남아메리카로 떠나기로 결심한 뒤 정한 첫 여행지는 마추픽추였다. 남미는 땅덩어리가 굉장히 넓고 비행기표가 비싼 탓

남미 여행은 여행 메이트, 동행자가 가장 중요하다.

에 간 김에 남미 전체를 돌아다보고 오는 장기여행자들이 대부분이다. 남미여행자들은 동선 낭비를 최소화하기 위해서 여행의 방향을 정해야하는데 루트를 설정하는 대표 방법으로는 반시계 방향 혹은 시계 방향으로 두 가지가 있다. 먼저 페루의 리마로 들어가서 반시계 방향으로 도는 일명 국민루트가 있고, 브라질의 리우데자네이루로 들어가서 고산병에 적응하기 조금 수월하게 시계 방향으로 도는 루트가 있다.

내가 남미를 여행하던 시기에 남미 단체 카톡방에는 600~700여 명의 사람들이 동행을 구하기 위해 있었다. 대다수의 한국여행자들은 반시계 방향으로 여행을 한다. 남미여행 설명회에서는 그래야 여행 동행자를 구하기가 수월하다고 했다. 그러나 내가 여행하던 당시는 리우 올림픽을 앞

남미 카톡방에서 만난 나의 동행들과 마추픽추를 오르는 길.

두어서 리우데자네이루부터 시작하는 시계 방향 여행자들도 꽤 있었다.

남미는 동행을 찾을 기회도 많고 의외로 찾기도 쉽다. 남미 여행자들은 나그네의 삶을 살 준비를 한다. 길 위를 가다 보면 어디에서라도 누구라도 만날 수밖에 없다. 가는 도중에 우연하게 만나 슬픔과 기쁨을 함께 나누며 울고 웃기도 한다. 여행루트가 비슷비슷한 남미에서는 만났던 사람들을 다시 만나게 되기도 한다. 그리고 각자의 루트대로 떠나가야 하기 때문에 이별을 고할 때도 있다.

당시 남초가 극심했던 남미의 마추픽추에서 또래의 정인과 서희를 처음 만났다.

"어디 어디 갔다 왔어요?", "이 다음에 어디로 가요?", 남미에서는 인사말과 같은 이 말을 꺼내는 순간 두 시간은 거

마추픽추에 가면
꼭 해야 할 것 중 한 가지는
마추픽추 입장게이트에서
셀프도장 찍기.

뜬히 대화할 수 있다. "저 고산증세 없어서 약 남았는데 드릴까요?" 남미 나그네들은 자신이 지나온 길에 대한 이야기를 해주고 심지어 필요한 물건들을 나누기도 한다.

"어! 그분은 저랑 같이 버기투어를 했어요!". 헤어졌던 여행자의 소식을 다른 동행자에게 듣기도 한다. 남미는 헤어짐과 만남을 연습할 수 있는 최고의 공간이라는 생각이 든다.

느리게 남미를 여행 중이던 정인과 서희와는 달리 나에게 주어진 마추픽추는 단 하루뿐이었다. 그러나 그녀들은 새벽 4시부터 하산하는 오후 2시까지. 단 10시간만 스쳐지나갈 인연인 나를 위해서 여행 속도를 맞춰주었다. 나와는 반대 방향으로 여행하고 있었던 그들은 다음 목적지가 우유니인 나를 위해서 무용을 전공한 서희가 멋진 포즈들을 알려주었고, 그 덕에 내 여행의 포즈에는 온통 그들이 묻어있었다. 항상 혼자서 다니는 여행을 선호하여 일부러 혼자 떠나와서 동행을 굳이 만들지 않는 나였지만, 그녀들을 만난 뒤로는 남미에서 어떤 나그네들을 만나게 될지 궁금하기까지 했다.

700명이 넘는 한국인들이 여행하고 있는 남미의 수십 개의 도시 중 한 도시에서 만나 같은 추억을 공유한다는 것은 참으로 대단한 인연이고 실로 기적 같은 일이라고 생각했다. 비록 뜨거운 인사를 나눌 틈도 없이 나의 바쁜 일정에 웃으며 안녕을 외치고 떠났지만 분명 믿었다. 또 다시 어디서든 만날 것이라는 것을. 그렇기에 우리는 영영 헤어질 사람처럼 슬퍼하지도 다음 만남을 기약하며 관계를 붙잡으려 하지 않고 그저 앞으로의 여행에 축복과 행복을 빌어주며 하산했다. 그로부터 한 달 반 후, 우리는 엘에이에서 나는 비행으로, 그들은 마지막 경유지로 다시 만나기도 했다.

부산, 울산, 서울에 사는 스물셋, 스물다섯, 스물여덟 살의 남미 나그네들은 우연히 만나 지구 반대편 남미에서 마추픽추를 함께 보았다. 마추픽추에서 10시간의 추억은 우리가 밤새도록 이야기하기에 충분한 시간이었다. 나는 10일의 짧은 여행을 끝으로 일상으로 돌아갔고, 서희와 정인은 남미를 돌며 여행 중에 시차 관계 없이 소식을 전했다. 한국에서 그리고 남미에서, 각자의 위치에서 오랜 친구들 마냥 대화가 끊이지 않게 대화를 나누었다.

그 후로 우리는 꽤 많은 곳을 함께했다. 우리는 늘 보통의 이별처럼 아쉬움에 절절히 헤어지지도 않는다. 마추픽추에서 만난 우리는 따듯한 나라에서 몇 번의 스쿠버다이빙을 함께했고, 몇 번의 서울과 울산과 부산을 오가고, 몇 번의 제주를 여행했던 듯하고, 히말라야 네팔을 함께하기로 기약했다. 여행지에서 만난 우리는 함께하는 모든 곳이 여행 같았다. 그리고 우리는 여전히 여행 중이다.

⬛DOING 마추픽추로 가는 방법
쿠스코 아르마스 광장 근처에 위치한 파비앙 여행사를 이용한다.
한국인을 위한 다양한 투어상품이 있다.

남미 여행자들은 행운의 마음을 담아
물건을 나눈다

우유니, 볼리비아
Uyuni, Bolivia

나는 늘 여행을 하며 여행 운이 따랐다. 여행하기에 좋은 날씨, 동행하는 사람들, 그 모든 것이 여행 중에는 딱 맞아 떨어졌다. 여행 운이 좋은 이유는 자신의 복을 내게 나눠주던 사람들이 있었기 때문이라고 생각한다.

　- 안전하게 다녀와!
　- 몸조심하고!
　- 많이 느끼고 담아와!

그들의 한마디가 하나씩 모여 하늘에 닿은 거라고 생각한다. 그때부터인가 내게 복을 빌어준 사람들을 위해서 작

은 기념품을 사기 시작했다. 어느 여행지를 가서도 기념품 같은 것들을 사지 않는 편인데 말이다. 내가 경험하고 있는 이 아름다운 곳, 그러나 너무 먼 곳이기에 선뜻 올 수 없는 사람들에게 나눠줄 무언가를 산다.

어느 날 하루, 한국에 매여 있던 일들로 인해 힘이 들었던 날이 있었고, 초면의 동행자들 옆에서 우울해하는 모습을 보이고 싶지 않아서 하루 종일 조잘조잘 떠들다가 와이파이되는 곳에 도달하는 순간 나를 걱정하는 말로 가득한 휴대폰을 보고 갑자기 참았던 눈물이 빵 터져버렸다. 늘 고마웠다는 말이 하고 싶었고, 이번에는 정말 많이 고마웠다고 말하고 싶었다. 사람들에게 상처받고, 사람들에게 위로를 받는, 그래서 여전히 아직 사람이 좋은가 보다.

여행자들에게 받은 은혜를 되돌려줄 때가 되었다고 느낄 무렵, 우유니 데이투어에서 스물세 살의 다현이를 만났다.

세계일주 중이라는 학생에게 무슨 돈이 있을까 싶었다. 그러나 세심하게 따져가며 계산하고 야무지게 여행 경비를 챙기는 모습, 여행지에서 예쁜 모습만을 남기고 싶을 텐데 단출하게 스포츠 웨어를 챙겨 입은 모습을 보았다. 내가 나이키 바지만을 입고 배낭여행을 하던 시절이 생각나서 엄마 미소가 절로 지어졌다.

쿠스코에서 산 판초와 옷들이 예쁘다며 부러워하는 모습에 내가 받은 고마움들이 생각나서 "나 이제 한국가니까 다 주고 갈게! 이거 가지고 가서 예쁘게 사진 찍고 다녀!"라고 말하니 좋아서 어쩔 줄을 모른다. 씩씩했던 모습 뒤에 감췄던 스물세 살의 수줍음을 보인다.

폼클렌징과 고산병약을 사려고 하길래 엄마와 같은 마음이 들었다.

– 나도 이거 동행에게 받은 거야.
나는 이제 필요 없어!

이것저것 다 털어주고 간다고 말하니 언니는 천사라며 필요한 것은 없는지 되묻는다. 그러고는 휴대폰이 고장 나서 필요 없어졌다는 말과 함께 보조배터리를 내게 건네주었다. 마침 한국에서 사온 변압기가 고장난 바람에 보조배터리 한 개로 전전하던 중이었다 .

장기여행자의 숙박비를 아껴주고 싶어서 데이투어가 끝나고 다현이를 내가 머무는 숙소로 데려왔다. 수다를 떨다가 문득 꿈이 무엇이냐고 물으니 세 가지 직업을 가지고 싶다고 했다. 비밀이라고 말하면서도 인도가 너무 좋았기 때문에, 졸업하면 졸업 기념으로 인도여행을 또 갈 것이라는 계획을 눈을 반짝이며 말한다. 아침에 눈을 떠보니 일찌감치 일어나 인도에서 산 일기장에 여행 이야기를 기록하고 있던 다현이다. 한눈에 봐도 인도를 연상케하는 금색과 갈색 두꺼운 표지, 그리고 그 속에 누런 종이에 삐뚤빼뚤한 글씨로 채워 적혀 있었다. 참 예쁜 아이다. 저 아이는 커서 무엇이든 할 것 같다는 생각이 들었다.

이것저것 주고받으니 한결 가벼워진 나의 배낭이지만

인도에서 사왔다는 다현의 일기장.
누런 종이에 삐뚤빼뚤한 다현의 글씨가 채워진 게 보기 좋았다.

마음은 채워졌다. 다현이는 남미를 여행하는 동안 내 물건들을 잘 사용하다가 자신의 여행이 끝나갈 즈음엔 누군가에게 훌훌 털어주고 갈 것이 분명하다. 그렇게 돌고 돌았으면 좋겠다고 생각했다.

여행지에 오면 무언가 쥐고 살지 않아서 좋다. 내 짐들은 길 가다 오늘 내일 눈 깜짝할 사이에 털려 버릴지도 모르니 나만의 것이 아니기에 어느 순간부터 소중한 것들은 이먼 곳까지 가지고 오지 않는다. 놓지 못하는 것들, 미련이 남게 하는 것들은 한국에 온통 두고 여행을 다니니 마음이 가벼울 수밖에 없다. 남미여행 중에는 내가 필요한 것을 누군가에게 고맙게 받고, 남은 여행자에게 내 것을 남기고 간다. 남미에서의 동행이란 함께 여행하는 동반자 그 이상의 의미였고, 내가 남미여행을 유독 좋아하는 이유가 되었다.

좋은 사람들을 가득 만나 여행해서 참 좋다. 인생이란 빈손으로 태어나서 주위 사람들에게 실컷 받으면서 크고, 정작 떠날 때는 빈손으로 가기에 실컷 주면서 살아야하는데 도통 한국에서는 그러질 못하는 때가 많다. 받는 건 쉽지만 주는 건 언제나 어려웠던 내게 이곳 타지에서 누군가에게 베풀 수 있는 상황이 자꾸 자꾸 생기는 게 고맙고 감사했다. 비워내고 나누기 위해 여행이란 걸 떠나왔다 보다 나는. 다현이와 마지막으로 헤어지는 길에 조그만 쪽지에 초콜릿과 팩을 넣어놓고 왔다. 그 예쁜 아이가 봤을런지, 지금은 어떻게 살고 있을지 참 궁금하다.

다현이가 떠나고 또 다른 동행들과 우유니 선라이즈 투어를 했다. 새벽 3시부터 시작해서 아침 7시에 끝이 나는 선

선라이즈 투어. 동행들과 해가 지고 별이 뜨길 기다린다.

라이즈 투어는 우유니의 깊은 밤부터 시작해서 해가 뜨는 시시각각을 볼 수 있는 투어다. 사막의 밤 공기는 너무도 추운 탓에 옷을 네 겹은 겹쳐 입고 수면양말은 두 개 정도 겹쳐 입고 우유니에 도착했다. 알록달록한 의자를 꺼내놓고, 좀 전에 처음 본 사람들과 다닥다닥 붙어 앉아서 알파카 담요를 가운데 펼쳐놓고 스피커를 연결해 우유니를 위해 야심차게 담아온 별 노래를 틀었다. 고요한 적막 속에 별 헤는 밤이라는 첫 곡이 흘러나온다. 노래가 나오는 순간은 모닥불이라도 지펴서 캠핑하고 싶은 분위기였다. 그렇게 사막에서의 별을 멍하니 시간 가는 줄도 모르게 바라보다가 6시 즈음 해가 뜨고 밝아지기 시작하더니 또 선셋과는 다르게 말도 안 되는 아름다운 색을 보여준다. 이틀 내내 꽉 차게 우유니에만 주구장창 있었는데도 너무 좋다. 정말 좋다는 말밖에 내 언어로는 표현할 길이 없었다.

　우유니 투어는 원하는 투어사 앞에 붙여진 종이에 이름을 적고, 인원이 차면 그 인원들과 투어를 떠나는 형태라서 매일매일, 매 투어마다 함께하는 사람들이 바뀐다. 몇 번의 투어를 거듭하는 동안 정말 다양한 사람들을 만나고, 다양한 이야기들을 듣는다. 이제껏 회사를 때려치우고 여행

온 사람들이 대부분인 반면, 이제는 은퇴라는 걸 하고 오롯이 자신의 인생을 사시는 분들과 투어를 함께 하기도 했다. 우유니는 함께 여행하는 사람들과 단체사진을 많이 찍게 되는 곳인데 한국에서라면 만나지 못했을 법한 사람들과 여행을 함께했다. 우유니 사진 속에는 오로지 실루엣뿐이고 나이도, 직업도, 어떠한 것도 드러나지 않은 채 오로지 여행자의 모습으로만 비춰진다. 우유니에서는 남녀노소 상관없이 모두 즐긴다. 내 눈에도, 대학을 휴학하고 나온 청춘의 눈에도, 직장을 다니다 그만둔 누군가에 눈에도, 오랜 인생을 살아온 누군가의 눈에도, 우유니는 똑같이 아름답고 행복하

우유니 투어.

다. 인생의 지혜를 얻고 싶어서 책을 읽는다면, 인생의 지혜를 얻기 위해서 여행을 떠나라고 말하고 싶다. 살아가면서 직장인이 되고 한정적인 인간관계 속에서 더 이상 얻을 것이 없는 우물 안 개구리에게 여행을 다니며 만나는 모든 사람들은 내게 영감과 열정을 선사한다. 그리고 어느새 그런 사람을 만나고 싶어서 홀로 여행을 떠나곤 한다.

▪HAVING

우유니 소금에 옷을 버릴 수 있으니 쿠스코에서 파는
현지 스타일의 저렴한 옷을 구입해서 입는 것도 좋다.
선라이즈 투어에는 핫팩과 장갑을 필수로 챙겨야 한다.

Uyuni, Bolivia

ROMA, AMOR

로마, 이탈리아
Roma, Italy

그를 처음 만난 건 한여름의 로마, 테르미니역이었다. 아시아나 항공사가 로마를 취항하기 시작하고 뜨거웠던 한여름 8월에 첫 로마 비행이 나왔다. 이탈리아에서 가장 아름답다는 남부 투어를 신청하고 테르미니역으로 새벽 6시 30분에 모이기로 했다. 남부를 가는 버스는 오른쪽이 해안도로로 풍경이 멋지다는 이야기를 들었고, 선착순으로 자리가 배정되니 빨리 가야 오른쪽 자리에서 예쁜 풍경을 볼 수 있다는 말에 아침 일찍부터 서둘렀다.

가이드 투어라고 하면 대개 지긋이 나이가 있는 노련한 분에게 질질 끌려다닐 것이라는 몹쓸 편견과는 다르게 이탈리아 태양빛에 검게 그을린 듯한 젊은 가이드 한 명이 나와 두 손 모아 90도로 인사를 했다.

이탈리아의 젤라토는 언제나 진리.

- 안녕하세요, 오늘 남부 투어 가이드입니다!

남부 투어는 로마를 출발해 폼페이를 거쳐 아말피 해안 도로를 따라 포지타노에 이르러 페리를 타고 살레르노로 가서 다시 로마를 돌아오는 장장 16시간이 걸리는 긴 여정의 투어이다. 그리고 오른쪽 자리를 차지하기 위해 첫 번째로 도착했던 나는 그의 바로 뒷자리에서 함께하게 되었다.

로마에서 3시간을 달리면 사라진 도시 폼페이에 도착한다. 어렸을 적 엄마아빠와의 유럽 여행 때, 친구와의 배낭여행 때도 방문했던 폼페이였지만 어쩐지 다시 방문하게 된 폼페이에서는 조금 더 다른 게 보였다. 베수비오 화산 폭발로 도시 전체가 30분 만에 사라진 도시를 발굴했고 갑작스럽게 죽음을 맞이한 사람들의 마지막 모습은 죽음에 대해 다시 한 번 생각하게 만들었다. 영화 〈폼페이〉에서 화산이 덮치기 직전 죽음을 두려워하는 연인에게 했던 "Look at me just me"라는 대사가 머릿속에 떠올랐다.

그는 폼페이의 작열하는 뙤약볕 속에서 우리는 그늘에 세워두고 폼페이의 작은 흔적 하나까지도 지나치지 않게 해주었다. 그는 때로는 음악을 들려주었고, 영화의 한 장면을 보여주었고, 로마를 온몸으로 느낄 수 있게 해주었다. 긴긴 이동 시간 동안 나는 그의 뒷자리에 앉은 덕에 그와 서로의 직업에 대해서 이야기할 시간이 있었다. 그저 로마가 좋아서 가이드가 됐다는 그의 가이드는 마치 한 편의 연극을 보는 듯이 풍성했다. 타인의 여행길을 풍성하게 만들어줄 수 있는 것만으로 아마 그와 나는 같은 행복을 느끼고 있었다.

소렌토를 지나 아말피 해안도로를 달려 포지타노에 이르는 길에 그는 우리에게 음악을 들려주었다. 포지타노는 살기 위해 절벽에 만들어진 마을이라서 아름다움이 더 진하다고 했다. 소렌토 전망대를 지나가며 가장 먼저 그는 〈Torna a Surriento〉를 들려주었다. 남부 투어를 하는 내내

폼페이에는 어느 한 남녀가 서로 껴안은 채 베수비오 화산 폭발 속에서 죽음을 맞이한 모습이 전시되어 있다.

그는 중간 중간 이탈리아의 노래 〈Santa Lucia〉, 〈Time to say goodbye〉도 틀어주었다. 죽기 전에 꼭 한 번은 와보아야 한다는 아말피 해안도로 한 가운데를 비가 걷히고 해가 점점 뜨는 지중해 바다를 바라보며 달리던 기분은 이탈리아를 떠올릴 때마다 진한 기억으로 남아있다. 그는 우리가 아말피 해변 페리를 타고 돌 때도 잊지 않고 노래를 들려주며 이탈리아를 느끼게 해주었다.

그리고 9월, 나는 다시 로마로 갔다. 지도 없이 발길 닿는 대로 걷다가 문득 그에게 배운 이탈리아를 온몸으로 느끼는 방법이 생각이 나서 커피 바에 들어가 에스프레소 한 잔을 주문해보았다.

'빠르다'는 뜻에서 유래된 에스프레소는 한국에서 커피를 마시듯이 여유를 즐기면서 마시면 안 된다고 했다. 그는 각설탕을 넣은 에스프레소를 원샷으로 탁 털어 넣고, 커피의 쓴맛 뒤에 설탕의 달콤함을 느끼며 "챠오!"라고 말을 내뱉어야 한다고 했다. 그래야 로마에서 에스프레소를 제대로 즐기는 방법이라며 말이다.

로마의 모든 신들에게 바치는 판테온 광장을 걷고 바로 옆 집 타자도로의 그라니타 디 카페에서 콘 판나를 마신다.

콘 판나와 함께 광장에 앉아있는데 마침 반도네온 연주자가 내가 좋아하는 곡들만 연주한다. 〈Oblivion〉, 〈Libertango〉에 이어서 흘러나오는 〈Ave maria〉는 판테온의 분위기를 한층 더 성스럽게 만들었다. 광장 계단에 마냥 앉아서 듣는 음악과 커피와 판테온은 더없이 완벽하다.

티라미수의 뜻은 'Lift me up'으로 나를 끌어올려줘, 즉 '기분 좋게 하다'의 의미를 가지고 있다. 그 뜻에 걸맞게 한

죽기 전에 가봐야 한다는 포지타노, 절벽 위에 지어진 마을.

입 먹는 순간 기분을 업 시켜준다. 딸기가 가득히 올려져있는 티라미수를 사 들고 스페인 광장 계단에 앉아 스페인 광장에 관한 역사를 읽었다. 이곳은 오드리 햅번이 〈로마의 휴일〉을 촬영했다고도 한다.

　'이탈리아에서는 가곡과 함께 여행해야 한다'는 그의 말을 떠올리며 루치아노 파바로티가 부른 이탈리아 가곡을 받아 재생한 뒤 여유를 즐겼다. 이탈리아 가곡과 로마의 건축물이 참 잘 어울린다는 생각이 듦과 동시에 어느 나라든 그 나라의 전통음악이 걸맞다는 생각을 했다.

　떠나기 마지막 날, 로마와 더욱 깊이 사랑에 빠지게 한 그를 다시 만났다. 여유롭고 바람이 참 좋았고 구름이 빠르게 흘러가고 해가 점점 저물어가는 대신 조명이 밝아지기 시작했다. 그는 로마는 밤이 정말 아름다운 도시라며 로마의 밤을 보여주고 싶다고 했다. 새벽 2시에 그는 나를 데리고 트레비 분수를 향했다. 관광객들이 모두 빠지고 난 새벽 두 시의 로마를 보아야 진짜 로마를 만날 수 있다. 낮에 사람들이 떠드는 소리로만 가득 찼던 트레비 분수는 밤에 가니 낮과는 다른 소리를 들려주었다. 트레비 분수에 도달하

판테온 광장.

기 몇 블록 전부터 트레비 분수의 분수소리가 들리기 시작하며 귀부터 설레기 시작했다. 분수 소리를 들으며 도착한 트레비는 낮에는 느낄 수 없는 고요함 속의 요란함이 펼쳐지고, 설렘에 흠뻑 젖어든다. 로마를 구석구석 잘 아는 그에게 이끌렸고, 그는 로마 밤거리 중 가장 아름다운 곳들로만 데려갔으리라. 단정하고 지적인 분위기의 낮의 로마와는 달리 화려한 불빛으로 옷을 갈아입은 로마를 보고 사랑에 빠질 수밖에 없었다. 노란 야경을 앞에 두고 길바닥에 앉아 밤새 와인을 홀짝이며 로마에 취하고 와인에 취했던 듯하다. 그는 내가 하는 일을 동경했고, 나는 그가 하는 일을 동경했다.

로마는 사랑하기 좋은 도시였다. 덥지도 춥지도 않았던 그 날의 온도, 살랑살랑 불어오는 바람과 아름다운 조명에 사랑에 빠질 수밖에 없었다. 로마에 잔뜩 취한 우리는, 그 밤에 느닷없이 찾아 온 로맨스에 취해버렸다. 더 이상 여행지에서 쉽게 사랑에 빠지지 않는다. 나라에 취해, 풍경에 취해 섣불리 사람을 사랑하지 않는다. 사랑이 끝나고 나면 대개 그 나라에 대한 사랑도 함께 저무는 게 싫었지만 그래도 여전히 로마는 사랑이었다. 로마가 어떤 도시냐고 로마를 한마디로 정의하라고 한다면 나는 '사랑'이라고 답할 것이다.

스페인 광장.

그때 알았다. ROMA라는 이름을 뒤집으면 AMOR, 사랑 그 자체였다는 걸.

사랑 없이 세계는 세계일 수 없고,
로마는 로마일 수 없다

_괴테, 로마의 비가

세월이 아주 많이 흘러 우연히 한국에서 마주친 그는 나와 같은 직업을 가지고 있었다. '그때 너의 직업이 멋지게 보여서, 고마워'라고 말을 꺼낸 그는 여전히 누군가의 여행길을 풍성하게 해주는 사람이었다. 로마라는 좋은 핑곗거리가 있음에도 불구하고 사실, 로마가 아닌 그 어떤 장소였더라도 그와는 사랑에 빠졌을 거야.

■DOING 로마를 더욱 진하게 즐기는 방법

스페인 광장 + POMPI + 루치아노 파바로티(음악)

폼피에서 티라미수를 사들고 스페인 광장에 앉아서 루치아노 파바로티의 이탈리아 가곡을 연이어 듣는다.

판테온 광장 + Tazza D'oro + 반도네온(음악)

판테온 바로 옆 타짜도로의 그라니따디 카페콘파냐(커피슬러시)를 사와 반도네온 연주를 감상한다.

서른 즈음에는 친구들과 카리브해로 떠날 것

낫소, 바하마
Nassau, Bahamas

보통은 낯선 곳에서 혼자 여행하는 걸 좋아하지만 이번 여행은 그러고 싶지 않았다. 한때는 혼자 여행하며 길 위에서 만나던 동행들이 좋았던 시기가 있었고, 좀 더 나이가 들어 평생의 짝꿍을 만나면 둘이서 여행을 하는 시기가 올 테고, 스무 살에서 서른 언저리로 가던 때에는 문득 친구들과 같이 여행할 수 있는 시기가 얼마 남지 않았을 것이라는 생각이 들었다. 그렇게 우리는 더 늦기 전 서른 즈음에 세상에서 가장 아름다운 바다가 있다는 바하마로 떠나기로 했다.

바하마는 쿠바 북동쪽 카리브해에 있는 섬 나라이다. 온갖 나라의 휴양지와 바다를 돌아다본 나로서는 어지간한

세상에서 가장 아름다운 바다를 꼽으라면 단연 바하마의 카리브해다.

바다색에는 솔직히 감흥이 없어서 매번 "나는 바닷속 여행을 좋아하지, 해변 구경은 별로 안 좋아해"라고 말했는데 경비행기를 타고 바하마에 도착하는 순간 "와 진짜 물 색 미쳤다"라는 말밖에 안 나오는 곳이었다.

잔지바르 능귀비치에서 인도양을 보았을 때 정말 오랜만에 감탄하면서 인도양이 최고다라고 했는데 바다의 끝은 카리브해라는 말이 맞았다. 누군가 그 수많은 바다 중 어느 바다가 가장 아름답냐고 질문을 하면 나는 늘 바하마의 카리브해라고 말하곤 했다. 카리브해의 바다는 투명하게 비치는 에메랄드빛이었다.

돈을 모아 우리는 바하마에서 가장 비싸다는 아틀란티스 호텔을 예약했다. 대학생 때 떠나는 여행과 어른이 되어 함께 떠나는 여행은 또 달랐다. 스무 살에는 여행자들의 냄새가 곳곳에 배어 있는 5천 원짜리 도미토리에서도 행복한 우리였지만 서른 즈음이 되니 조금의 사치를 부려 좋아하는 사람들과 좋아하는 것들을 맘껏 누려보기로 하는 데 의견이 일치했다.

바하마의 아틀란티스는 온 호텔이 마치 테마파크이자 대형 수족관 같았다. 서른 살의 우리는 마치 어릴 때로 돌아간 기분이었다. 아틀란티스 호텔에서 어린아이마냥 워터 슬라이드에 튜빙을 타면서 별거 아닌 거에도 꺄르르거리고, 사회적 시선으로부터 멀리 벗어난 이 곳에서 초등학생들처럼 인간 탑 쌓기 놀이를 하면서 또 와르르 무너졌다. 한 시간동안 배가 찢어지도록 웃었다.

카지노에 들어가서는 고작 10달러짜리를 걸고 30달러를 땄다고 잭팟이라도 터진 마냥 다 같이 소리 지르고 소소한 행복들의 연속이었다. 비행기에서 화장을 곱게 하고 항상 친

바하마에서 가장 비싸다는
아틀란티스 호텔. 전설 속의
아틀란티스 제국이 수면 위로
솟아올랐다는 콘셉트.

절하게 웃어야 했지만 이곳에서 친구들과 나는 새카맣게 그을려졌다. 어른이 되어보니 기분 나쁜 일이 생겨도 기분 나쁜 티 하나 내지 않고 웃는 방법을 아주 잘 알고 있지만, 친구들과의 여행지에서는 기분이 안 좋으면 삐지기도 하고 토라지기도 한다. 비행기에서는 친절한 승무원으로 살아야 했지만, 이곳에서는 잠시 천방지축 와자지껄한 어른이었다.

나다워지는 시간을, 나다워지는 장소를, 나다워지는 사람들을 만나는 건 참 중요한 일이었다. 아마 누군가에게는 그저 휴식 누군가에게는 자아를 찾는 시간 등 각자의 여행하는 이유는 다 다를 테지만 서른이 되어 떠난 이 여행은 타인의 시선으로부터 자유로워지며, 가장 나다워지는 시간이었다. 아틀란티스 호텔에서는 내내 물속에서 젖어 있다가 가장 예쁜 바다 위로 떨어지는 일몰을 사랑하는 친구들과 보았다.

바하마의 수도 낫소에서 경비행기를 타고 엑슈마 섬으로 이동하여 보트를 타면 세상에서 가장 행복한 돼지들이 살고 있다는 피그 아일랜드에 도착한다. 엑슈마의 캐리비안 바다는 너무 색이 밝아서 우주에서도 보일 정도란다.

카리브해의 예쁜 바다색은 앞으로 두고두고 여러 번 이야기하게 될 우리의 추억이다. 새로운 장소에서 새로운 사람들과 함께하는 시간들도 행복하지만, 새로운 장소에서 익숙한 사람들과 함께하는 것 또한 더할 나위 없이 행복하다. 좋아하는 사람들과 좋은 곳을 잔뜩 여행하길 바란다. 예쁜 사진스팟이라든지 랜드마크를 가야만 만족하던 시절의 여행이 있었고, 아무것도 하지 않아도 그곳에서 함께하는 사람들과의 시간들이 더 소중하게 느껴지는 시절의 여행도 있다.

서른이 지나가고 나이를 먹을수록 시간을 애써 내지 않으면 시간이 나지 않는다는 걸 새삼 느낀 이후로 나는 종종 친구들과 '시간을 내서' 여행을 떠난다. 살아가면서 생각보다 친구들과 여행할 수 있는 시기는 많지 않다. 나이가 들

세상에서 가장 행복한
돼지들이 살고 있는 곳.
엑슈마의 피그 아일랜드.

엑수마 섬에는 돼지섬, 상어섬, 이구아나섬이 있다.

어가며 함께 여행할 가치관이 비슷한 친구들이 있다는 것은 행운이다. 친구들과 여행하게 되면 어릴 적 모습으로 돌아간 것만 같은 기분이 나이를 잊게 만든다. 왠지 40, 50살이 되어서도 이 사람들과 함께라면 매 순간 유치하면서도 행복한 여행을 할 수 있을 것 같다.

함께한 여행으로 알게 된 사실은 정말 아름다운 풍경을 눈앞에 두고 이야기할 친구들이 있다는 건 행복이 배가 된다는 것이다. 여행은 내가 오롯이 만들어가는 것인 줄만 알았지만, 여정은 결국 함께하는 사람들과 만들어가는 이야기였다.

나의 취향에 맞춰서 살아갈 것. 그리고 그걸 지지해주는 사람들로 주변을 채워나갈 것. 항상 행복할 것. 이것이 내가 여행 다니는 이유이자 내 삶의 방향성이다.

◾DOING 바하마에서 할 수 있는 투어
아틀란티스 호텔 투어, 엑슈마 섬투어(돼지섬), 핑크라군투어

엄마라는 꽃이 영원히 시들지 않길

제주도, 대한민국
Jeju, Korea

우리나라의 사계절이 이렇게나 뚜렷한 곳인지 코로나 전에는 미처 몰랐다. 시공간과 계절을 거스르며 일하던 내가 코로나로 비행을 하지 못하고 한국에 머무는 날이 길어졌을 땐 철마다 비가 내리고, 철마다 꽃이 피는 것조차 신기하게 느껴졌다. 그 계절에 피어나는 꽃을 보고 그 계절에만 나는 모국의 음식을 오순도순 모여 먹는다는 게 굉장한 행복 중 하나라는 것을, 그때 처음 알았다.

길어진 오빠의 병간호로 엄마의 시간은 한동안 멈춰 있었다. 방 안에서 하얀 천장만 바라보고 사는 엄마에게 알록

엄마와 여행하는 모습이 예쁘다고 우연히 지나가던 분이 찍어주고 보내주신 사진.

달록한 세상을 보여주기로 결심했다. 그렇게 꽃을 좋아해서 길가에 핀 들꽃 이름조차 줄줄 외우고 있는 엄마에게 꽃이 피는 계절들을 선물해주고 싶었다. 우리나라에서 가장 먼저 꽃 소식을 들려주는 곳은 따뜻한 남쪽나라 제주였다. 그렇게 엄마의 사계절을 피어 있는 꽃으로 바꾸어주기로 마음을 먹고, 제주도에서 꽃 소식이 들릴 때마다 엄마의 손을 이끌어 그곳으로 달려갔다. 아픈 오빠를 혼자 두지 못해 우리에겐 비록 당일치기밖에 없는 제주도 나들이지만, 때마다 피는 꽃을 구경하러 쉬는 날이면 부지런히 발을 놀린다.

3월이 되면 벚꽃과 유채, 그리고 동백나무가 가장 먼저 봄을 알려준다. 그저 제자리에 가만히 서 있던 식물이 때를

엄마의 첫 겨울, 12월의 동백.

알고 꽃을 피운다는 게 기적처럼 여겨진다. 엄마와 꽃구경을 갈 때면 엄마는 꽃에 빗대어 내게 여러 가지 이야기를 해 주곤 한다.

　- 봄꽃들은 잎사귀보다 꽃이 먼저 펴.

　자연은 신비로워서 삭막하고 추운 겨울을 보내고 난 후, 사람들 마음을 얼른 따뜻하게 해주려고 꽃부터 피워주는 것 같다고 말했다. 그해 겨울은 유난히 희고 추웠다. 그러나 시리도록 추운 겨울을 견디고 나면 봄꽃은 사계절의 어느 꽃보다도 화려하게 피어났다. 엄마는 겨우내 방에서 훌쩍거리며 아무 말을 하지 않는 내게 별 다른 말을 해줄 수가 없어서 꼭 이렇게 꽃을 볼 때면 꽃 같은 이야기를 따뜻하게 툭 던져주곤 한다. "꽃 좋아하면 나이가 들었다는 거래" 하고 엄마를 놀렸지만, 사실 이때부터 꽃을 참 좋아했던 것 같다. 꽃이 하나의 인생 같다는 생각이 들어서. 꽃이 참 인생을 위로해주고 있는 것 같아서.

　봄에서 여름으로 넘어가는 시기에는 장미와 수국이 반겨준다. 초여름 꽃들의 색깔은 분홍, 파랑, 보라, 하늘, 자주 등 종류가 정말 다양하다.

- 수국은 토양에 따라서 다른 색의 꽃을 피워.

엄마는 덧붙여 화분에 담긴 토양의 성질이 복합적이면 한 그루에서도 여러 색 꽃이 나올 수 있다고 말했다. '사람의 마음 또한 토양과 같아서 어떤 마음을 품고 살아가느냐에 따라서 내 삶의 색 또한 내가 정할 수 있는 것이 아닐까'라는 생각을 했다.

엄마의 첫 봄, 4월의 겹벚꽃 아래에서.

은은하고 튀지 않는 새하얀 수국, 화려하고 눈에 튀는 분홍색 수국, 묘한 빛을 담고 있는 하늘색 수국. 저마다 색이 다르듯이 저마다의 인생 또한 아름답다. 엄마와 나는 꽃을 이전보다 유난히 더 예뻐하고 꽃에게 의미를 부여하고 있었다. 여유 없이 달리기만 했을 엄마가 그토록 좋아하는 꽃에도 시선을 둘 수 있게 되는 것이 좋았다. 아마도 엄마는 그렇게 꽃 속에서 살아갈 의미를 찾고, 위로를 받고 있었나보다. 어느새 꽃도 돌아보게 되었다는 건, 엄마와 내가 잘 늙어가고 있다는 증거가 아닐까.

엄마라는 꽃이 영원히 시들지 않길.

▪ SEEING 제주도의 월별 꽃 스팟
3월 벚꽃(전농로), 4월 유채(녹산로), 5월 장미(북촌에 가면), 6월 청보리(가파도), 8월 해바라기(함덕서우봉, 김경숙해바라기농장), 9월 메밀(한라산 아래 첫마을), 10월 핑크뮬리(마노르블랑), 11월 억새(새별오름), 12월 동백(동백포레스트카멜리아힐)

Ego

여행으로 채워가는 '나'라는 퍼즐 조각

아무도 모르는 곳으로 떠나 여행을 하는 시간들은
온전히 나를 탐험하는 시간이었다. 내가 어떤 사람을
좋아하는지, 내가 무엇을 하며 시간을 보내는 걸 좋아하는지,
내가 무엇을 할 때 행복해지는 사람인지 오롯이
나의 취향을 알 수 있게 되었다. 여행을 통해
하나씩 채워가는 퍼즐 조각들로 '나'라는 그림을
완성하기 위해 오늘도 온몸으로 여행한다.

파도를 향해 힘껏 돌진

발리, 인도네시아
Bali,Indonesia

모두가 진급을 생각할 때 과감히 휴직을 결심했다. 쉼 없이 8년을 달려온 직장인인 내게 주는 휴가가 필요했기 때문이다. 계획했던 2주는 금세 지났고, 무비자 30일을 지나 45일 가까이 되었다. 한 곳에 이렇게 오래 머문 건 발리가 유일했다. 기나긴 기간에 비해 여행자의 짐은 단출했다. 비행기표, 서핑 스쿨 등록증, 요가 매트뿐이었다.

계획 없는 여행은 처음이었다. 무언가를 해보겠다며 나선 서핑 캠프와 요가원의 휴무일은 나를 불안하게 만들었다. 내 여행 스타일에서는 있을 수 없는 일이었다. 정해진 비행기 시간, 빼곡한 일정표, 10년간의 승무원 생활로 인해 매일을 긴장한 상태로 보내며 짜여진 스케줄에 나를 가두진

매일 새벽 4시, 캠프 사람들과 해가 뜨기를 기다렸다.

않았나 생각되었다. 아니 어쩌면 준비되지 않은 상황에 큰 불안감을 느끼는 사람이 된 건 아닐까.

　이른 아침 눈이 떠졌지만 이내 다시 감고 늘어져라 잤다. 딱히 할 것이 없다는 생각에 누워있었다. "그런데 딱히 발리에 뭘 하려고 온 건 아니지 않나?" 마음을 비워보고자 신청한 휴직이었고, 그렇게 떠나온 것이라 생각하니 이 건강한 게으름을 도리어 즐기고 싶어졌다. 어떤 유용한 것을 하지 않아도 되는 시간, 그저 숨만 쉬면서 보내도 되는 시간들의 시작이었다.

쉘터카페에 적힌 좋아하는 문구.

서핑 캠프 사람들은 내가 계획이 없는 걸 어떻게 알았는지 다정하게 "같이 비치클럽 갈래요?"라고 묻는다. 거절할 이유도, 아무런 계획도 없는 나는 이곳에서 처음 만난 사람들과 예쁜 노을을 보았다. 이곳 서핑캠프에 온 사람들 대부분 계획이 없다. 누군가에게는 서핑캠프에 등록한 것 자체만으로도 큰 계획일지도 모른다.

– 현지, Think Nothing

문득 나의 첫 서핑 선생님이 한 말이 떠올랐다. 서핑을 배울 때 그가 내게 한 말이다. 서핑은 깊게 생각하지 말아야

한다. 보드 위에서 떨어질까 무서운 마음에 파도를 바라보는 순간 겁을 먹고 그대로 물에 빠져버린다. 보드 위에 일어났을 때 내 발의 위치가 수평을 이루지 못하는 순간은 어김없이 고꾸라지고 마는데 그게 두려워서 자꾸 바닥을 쳐다보고 있자니 서핑 실력이 도통 늘지를 않았다.

그때마다 서핑 선생님은 "Think Nothing"을 외쳤다. 앞만보고 그대로 대담하게 일어나라고 했다. 이런 저런 신경 쓰지 말고 무조건 앞으로 가라는 말처럼 들렸다. 파도 위에서 일어나는 동작이자 서핑의 첫 시작점인 테이크 오프를 하기 위해 아무런 생각을 하지 않는 연습을 했다. 그리고 아무 생각을 하지 않는 서핑에 익숙해질 무렵에 누군가의 외치는 소리가 들려왔다.

- Paddle out!

누군가가 이렇게 외치는 순간에는 되려 파도를 향해 있는 힘껏 헤엄쳐 나아가야 한다. 거대한 파도에 맞서거나 피하지 않으면 그 파도가 나를 삼켜버릴 것이다. 파도를 정면으로 마주하는 순간이 처음에는 두려웠다. 안전하고자 아무

첫날 발리에서 만난 노을, 바닷바람을 의미하는 라 브리사 비치클럽에서의 석양

것도 하지 않은 채로 보드 밑으로 숨어버리면 파도에 휩쓸려 밀려 나가버린다. 피하면 더 다쳤고, 애써 라인업에 도착했지만 다시 원점으로 밀려나는 상황이 생겼다.

꼭 나 같았다. 피하고 싶은 순간을 마주칠 때마다 부끄러웠다. 이 모든 것이 내가 살아온 결과일 텐데 인정하지 못하고 피했다. 하지만 서핑을 배운 뒤에는 달랐다. 힘든 순간이 생기면 두 손에 힘을 꽉 주고 패들 아웃을 생각한다. 덮쳐 오는 파도가 아무리 크더라도 좌절하지 않고 파도와 같은 힘을 마주해서 나아가다 보면 넘을 수 있다는 것을 깨달았다.

아무런 계획이 없었지만, 계획이 없었기에 발리에서 할 일을 서핑으로 채웠다. 새벽 비행이 있는 날에는 새벽에 눈 뜨는 것이 정말 싫은 일이었는데 여기서는 행복이었다. 마지막 서핑을 앞두고 일출에 바다가 무지개색으로 변해서 멍하니 보고 있는데 하나 둘씩 옆에 와서 조용히 앉아서 일출만 바라보던 순간도 기억에 오래도록 남을 순간이었다.

용기를 내어 발리로 떠나왔고, 파도를 향해 힘껏 돌진하는 법을 익혔다.

■ **EATING**

Moana Fish Eatery(포케맛집), Nalu Bowls(브런치, 아사히볼),
Crate café(힙스터들의 성지)

■ **DOING**

서핑캠프, 요가원, 비치클럽, 마사지

Live aboard, 배 위에서 산다는 것

카보 산 루카스, 멕시코
Cabo San Lucas, Mexico

바다 한가운데 보름달이 떴다. 그야말로 망망대해였다. 리브 어보드를 타고 산 베네딕토로 들어가는 여정에 대한 설명은 단 한 줄, '24시간에서 27시간의 항해'라고 적혀 있을 뿐이었다. 설명이 짧을수록 그 문장에 생략된 것들은 언제나 해석하기 나름이다. 누군가에게는 그저 이동 시간뿐일 24시간이 될 수도 있을 것이고, 또 다른 누군가에게는 잊히지 않는 특별하고 고요한 시간으로 채워질 수도 있을 것이다.

나는 사실 여행보다는 여정을 사랑하는 사람이다. 여행의 다양한 순간이 있겠지만, 나는 그 길목으로 가는 여정 중에 만나는 것들을 사랑하는 사람이다. 여정은 모두에게 늘 다르게 해석되어진다. '여행의 길목'은 직접 경험하지 않고서

바다에서 8박 9일 동안 살아가며 다이빙을 하는 리브어보드.

는 느끼지 못할 부분이다.

휴대폰도 터지지 않는 그 순간, 그곳에서는 오롯이 나만의 시간이었다. 어쩌면 휴대폰이 안 되어서 참 다행이라고 생각했다. 그리고 첫 여행, 아니 첫 여정의 기억을 잊지 못해서, 이러한 여정들이 좋아서 그렇게 나는 여행을 떠나는가 싶었다. 밤에는 별, 낮에는 하늘, 길고 느린 여정 동안 마주할 수 있는 아름다운 풍경. 그건 조금 느리게 가는 여행을 택한 자들에게 주어지는 선물 같은 풍경이라고 생각했다. 때로는 자의로든 타의로든 느리게 돌아가는 여행을 택하며 스쳐 지나가는 별 하나에도 감탄하는 낭만을 되찾길. 그리고 다시 그 낭만을 한없이 크고 넓은 바다 위에서 잔뜩 느끼는 중이다.

배가 출항한 지 1시간이 채 되지 않아 휴대전화는 먹통

여정의 첫 시작을 알려주는 비행기의 창문

이 되기 시작했다. 그 순간에도 서울에 두고 온 많은 것들이 생각나 터지지도 않는 애꿎은 휴대폰을 계속 만지작거렸다. 'SNS에 업로드를 해야 하는데', '내가 투자한 주식들은 올랐을까 내렸을까'. 출항 15시간 만에야 걱정을 내려놓게 되었고 그때 그 순간이 아마도 이 여행에서 잊지 못할 순간일 것이다. '24시간에서 27시간의 항해' 중 이동만 했던 첫째 날은 그렇게 흘렀다.

밤 12시, 배 아래층 한편에 놓인 침대에 가만히 누워 모두가 잠든 시간에 잠이 오지 않아 잠옷을 입고 배의 가장 꼭대기로 올라가보았다. 그곳에는 소코로 어그레서의 크루 중 한 명인 라나가 어둠 속에 앉아있었고, 아마 그가 여태껏 누려왔을 이 배의 가장 소중한 시간을 즐기는 중이었을 것이다. 그를 방해하고 싶지 않아 갑판 위에 조심스럽게 올랐

배 위에서 일한다는 건 꽤 멋진 일이다.

다. 순항 중인 밤바다에 보이는 것이라고는 고요한 바다, 달과 별뿐이었다. 비행을 할 때마다 모든 손님이 잠든 시간, 그리고 그 시간에 창문을 바라다보는 게 승무원 생활의 유일한 낙이었다. 매일 보는 창문과 매일 보는 하늘임에도 휴대폰에는 시시각각을 담아 둔 순간들이 가득하다. 10년을 봐도, 매일을 봐도 질리지 않냐는 사람들의 물음에 그저 매일 경이롭고 사랑하는 순간이라고 말하곤 했다.

정신없이 서비스를 마치고 혼자 갤리 구석 창문을 통해 바라다보는 밤하늘은 아마도 하늘과 가장 가까운, 별과 달이 가장 밝게 보이는 순간이었고 그 순간이면 3시간의 정신없던 첫 번째 서비스에서의 피로가 풀리는 기분이었다. 아마도 이번 트립의 손님을 맞이한 첫날, 8박 9일의 긴 여정을 떠나기 위해 설렘이 가득한 손님들을 대하느라 잔뜩 피곤했을 배의 선원에게 그 순간만큼은 아마도 나와 같은 순간을 만끽 중이었을 것이다.

- 잠이 오지 않아서 나왔어요. 달이 없는 밤이었다면 더 멋졌을 텐데 말이에요.

그는 그 달을 가장 사랑한다고 말했다. 이 배에서 한 시즌, 그러니까 꼬박 1년을 이 배에 탔던 그 선원은 배에서의 가장 아름다운 순간들을 설명해주었다.

배의 갑판은 바다로 인하여 축축해지지만, 다음 날 해가 뜰 무렵이면 말라 있다고 했다. 거기에 침대를 깔고 누웠을 때의 행복감, 그가 이 배에서 느끼는 가장 멋진 순간이라고 했다. 밤마다 갑판 위에서 달을 보며 떠오르는 생각들을 펜으로 기록하고 있다고 했다. 노트북으로 글을 적고 생각을 정리하는 나와는 달리 통신이 터지지 않는 곳에서 사각사각 생각을 적어 내려간 그의 글이 담긴 노트는 들여다보지 않아도 멋진 글들로 가득할 것임이 분명했다.

- 시간을 내어주어 고마워요. 내일 아침에는 해가 떠오르는 바다를 꼭 보러 일찍 일어나야겠어요.

그는 잠이 오지 않으면 언제든 올라오라는 따뜻한 말과 굿나잇을 덧붙이고는 다시 글쓰기를 시작하였다.

삶이 고단하여 숨 쉴 구멍을 찾고 싶을 때면 늘 바다를 찾았다. 바다는 수많은 사람들의 이야기를 품고 있다. 대부분의 사람들은 바다의 수면 위 모습만 보고 살지만, 바다의 선택을 받은, 많지 않은 사람들만이 오직 바다의 수면 아래 모습을 본다. 살면서 느끼는 희로애락을 모두 바다에 털어내고 묻고 나온다. 그래서인지 바다의 품에 안기면 항상 삶의 의지는 다시 솟아오르는 듯 했다. 잠수와 다이빙을 사랑하게 된 이유 중 하나였다. 나는 아무것도 하기 싫고 의욕이 없을 땐 물속에 들어가기를 택한다. 사람들이 말하는 '잠수'는 때때로 종적을 감추고, 자신만의 시간이 필요하다는 의미로 사용되기도 한다. 그리고 다이빙 용어이기도 하다. 잠수의 의미를 생각하다가 어쩌면 리브어보드는 완벽하게 잠수할 수 있는 곳일지도 모른다는 생각을 했다.

크루즈 승무원들. 항공기 승무원들과 마찬가지로 가장 예쁜 시간이면 갑판 위에 머물고 있다.

첫 브리핑 때 8박 9일 여정의 계획을 말해주던 라나는 리브어보드의 일정을 세상에서 가장 아름다운 계획이라는 말을 쓰면서 단 한 문장으로 표현했다.

- Have a great week of Eating, Sleeping & Diving!

'먹고, 기도하고, 사랑하라'는 많은 사람들에게 힐링과 요가에 대한 붐을 일으킨 영화의 제목이기도 했다. 나는 그 영화 한 편에 끌려서 먹고 기도하고 사랑하러 발리를 떠났고 그곳에서 한 달간의 시간을 보낸 적이 있었다. 아마도 먹고 자고 다이빙하라는 그 한마디에 끌려서 멕시코를 한 달째 여행 중이고 그마저도 부족하다고 느껴, 다시 서른세 살의 마지막 해의 끝자락에 밤 12시 소코로로 가는 바다 한가운데에 떠있다.

⬛DOING 올 인클루시브 다이빙
멕시코의 갈라파고스, 소코로 리브어보드

신성한 우물, 세노테의 빛내림

플라야 델 카르멘, 멕시코
Playa del carmen, Mexico

새로운 나라를 다니는 걸 좋아하는 나는 여행으로는 같은 나라를 두 번 이상 방문하는 적이 없지만 멕시코만큼은 첫 여행의 기억을 잊지 못하여 두 번째 방문할 때는 45일을 여행했다.

　　플라야 델 카르멘에서 하루를 보내는 나만의 루틴이 있다. 낮에는 세노테에서 다이빙을 실컷한 후 월마트에서 장을 봐서 라면을 끓여 먹는다. 맛집을 찾으려 애쓰지 않아도 길을 걷다가 '들어가볼까?' 해서 들어간 식당의 음식은 모두 맛있었다. 굳이 지도를 꺼내지 않아도 어느 길이든 길을 따라 쭉 걷다보면 거리의 끝엔 예쁜 바다가 펼쳐졌다. 밤에는 끊임없이 노래가 흘러나오는 5번가 거리에서 춤을 추며

카사 세노테

걸었고, 바닷바람을 맞으며 모히토에 취해있었다. 칸쿤 같은 휴양지보다는 좀 더 자유로운 느낌이 내가 사랑하는 플라야 델 카르멘이었다. 거리 끝에 펼쳐진 바다를 마주할 때마다 나는 플라야를 더욱 사랑하게 되었고, 여기서 몇 달이고 눌러 살고 싶을 정도로 배낭여행자들의 천국이라는 말이 이해가 되는 순간이었다.

세상에 모든 아름다운 것들의 70퍼센트는 바다 속에 숨겨져 있다고 한다. 그래서 바다를 여행하지 않고는 세상의 아름다운 것들을 30퍼센트밖에 보지 못한다고 한다. 멕시코 세노테는 다이버들에게 꿈의 장소이다. 숨겨진 70퍼센트의 아름다운 세상들 중 플라야의 세노테는 다이버인 내게 최고로 아름다운 곳이다. 물 밖에서는 놀라운 아름다움을, 물 안에서는 황홀한 아름다움을 가져다준다.

카리브해가 에메랄드빛이라면, 멕시코 유카탄반도의 세노테는 빠져들 것 같은 깊은 초록빛을 오묘하게 띈다. '신성한 우물'이라는 뜻의 세노테는 유카탄 반도에 존재하는 3천여 개의 동굴 연못이다. 세노테는 마야어로 우물이라는 뜻이고 마야인들은 우물을 신성하게 여겨 신에게 제물을 바치

세노테 칼라베라, 이곳에 빠져들면 마치 태중에 있는 기분이다.

는 장소로 활용했다. 세노테에 얽혀있는 유래 때문인지 어쩐
지 세노테에 들어갈 때마다 신성해지는 기분이다.

수많은 세노테에 담긴 이야기들을 좋아한다. 세노테 중
칼라베라는 큰 구멍 세 개가 뚫려있는 모양이 마치 해골 같
다고 해서 해골이란 뜻에서 이름 붙여졌다. 자연광 커튼이
구멍을 통해서 하얗게 내려오는데 빛의 양이 달라질 때마다
바다의 색이 달라진다. 칼라베라 속에 빠져든 날 바다 안에
안긴다는 기분이 들었다.

세상에서 처음 만난 환경인 엄마의 배 속은 양수, 물로
채워져 있다. 우리 모두의 첫 바다는 엄마의 배 속이다. 엄마
배 속의 양수는 바닷물의 성분과 거의 같아서 누구나 엄마
품을 찾듯 바다를 그리워하게 되는 시기가 온다. 한자 바다
해海 자에는 어머니 모母 자가 들어가 있다고 한다. 그래서인
지 사람들은 본능적으로 물에 들어가게 되면 익숙하고 편안
하고 안락함을 느끼게 된다고 한다.

카워시는 사람들이 세노테를 잘 모르던 시기에 택시기
사들이 지나다니며 물을 퍼서 세차를 하곤 해서 붙여진 이
름이다. 더러움을 씻겨내는 세차장이라는 이름과는 다르게

세노테 카워시.

Playa del carmen, Mexico

바닷속은 꽃밭이다. 물에 들어가 보면 한편에 연꽃 밭이 펼쳐지는데 꽃밭 위를 날아다니는 기분이 든다. 그러다 카워시에 빛이 들어오는 순간은 꽃이 활짝 피는 듯이 느껴지는 아름다움의 절정을 볼 수 있다.

물속에서 피는 연꽃은, 물이 더러울수록 크고 아름답게 큰다고 한다. 어디선가 들었는데, 맑은 물이 아닌 진흙탕에서 자라지만 흙에 물들지 않는다고 한다. 그렇게 물속에서 자라는 꽃들은 밟힐 일도 꺾일 일도 없다. 중력 대신 부력을 느끼며 꽃 위를 날아다닌다. 아, 프리다이빙을 배워 두길 참 잘했다는 생각이 든다. 숨소리조차 들리지 않는 그 순간은 나 홀로 비밀의 정원을 구경하는 기분이었다.

세노테 마라비야에서는 멕시코의 강렬한 태양을 경험할 수 있다. 세노테의 투명한 물을 수십 미터 속까지 비춰준다. 호흡을 가다듬고 덕다이빙을 해서 빨려들어 갈듯이 깊이 내려간다. 그리곤 몸에 힘을 빼고 가만히 빛내림을 받으면서 올라가면 이대로 마치 천국에 도달할 것 같은 기분이 든다. 사람이 숨을 참으면 순간적으로 최대치의 아드레날린이 분비가 된다고 하는데 그 순간의 기분은 이루 말할 수 없

무중력 상태의 우주를 경험 할 수 있는 또 다른 방법. 우주를 유영하는 기분은 정말 황홀하다.

다. 마라비야의 이름은 스페인어로 경이, 경탄, 놀라운 일이라는 뜻이라고 한다. 그리고 그 순간 빛의 경이로움에 그 이름이 고개가 끄덕여진다. 프리다이빙은 무중력 상태의 우주를 경험할 수 있는 또 다른 방법이라고 한다. 우주를 유영하는 기분은 경이, 경탄, 놀라움이라는 단어만으로는 표현할 길이 없다.

그리곤 몇 년이 지나 세노테를 잊지 못해 플라야를 다시 한 번 여행했다. 나와 마지막으로 이곳 세노테에서 다이빙을 했던 나의 친구는 그 사이 더 밝은 빛이 내리쬐는 곳을 찾아 떠났다.

지구에서 우주를 느낄 수 있는 유일한 곳이 바다라면, 바다에서 천국을 느낄 수 있는 유일한 곳은 세노테일 것이다. 마야인들은 세노테를 '신들의 샘'이라 부르며 사람이 죽어서 저승세계로 가는데 이 세노테를 거쳐야 한다고 믿었다. 세노테를 유영하다 보면 정말 여긴 사후세계와 연결되어있다는 생각이 들 정도다.

　　조그만 구멍을 통해서 빛이 내려왔다. 빛이 물에 비쳐 구름의 반영이 나타났고, 할로클라인이라고 불리는 구름 속을 지나가며 하늘 위를 날아다녔다. 물 위에 누워서 하늘에서 물이 떨어지는 걸 하염없이 보다가 또 다시 빛이 내렸다. 세상 잡음이 하나도 들리지 않는 그곳은 천국이었다. 이곳을 통해 만약 먼저 떠나간 친구에게 연락이 닿아 네 마디를 전할 수 있다면 '사랑해, 잘 지내니, 행복하니, 너무 보고 싶어'란 말을 하고 싶다. 더 좋은 곳에서, 더 따뜻한 빛이 내리쬐는 곳에서 지내고 있길.

▪DOING 세노테 스쿠버 다이빙 스팟
세노테, 앙헬리타, 카사세노테, 카워시, 칼라베라, 에덴, 아술, 말라비야

　　　　　　　　　　　　　　　　　　Playa del carmen, Mexico

들숨과 날숨만이 들리는 세상에서의 도전

사이판, 북마리아나제도
Saipan, Mariana Islands

사이판은 스쿠버다이빙을 시작하고 나서 1년에 한 번씩은 꼭 가는 나라다. 사이판을 다이빙 포인트로 가장 선호하는 이유는 같은 바다 아래인데도 포인트마다 매력이 전부 다르기 때문이다.

바다에 50회 정도 들어가니 물고기들이 눈에 들어오기 시작하면서 물고기와 산호를 보는 재미에 한창을 푹 빠졌다. 바다에 100회 정도 들어갈 즈음엔 그저 물에 들어가면 포근하게 감싸주는 그 느낌이 좋았다. 내가 내 몸을 컨트롤하게 될수록 눈에 보이지 않던 것들이 들어오고 자그마한 공기방울에도 감탄하게 되었다. 무중력의 물속은 우주에 온 것 같은 착각이 들기도 한다. 시끄러운 세상 속에서 오롯이 들숨

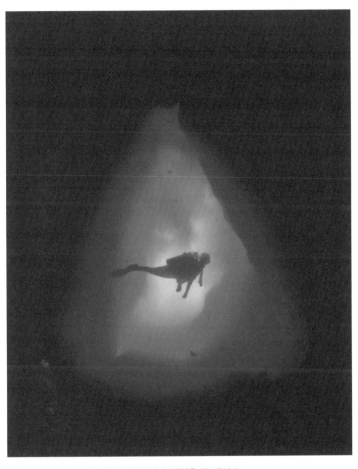

그로토에서 가장 유명한 스팟. 다이버의 실루엣을 담는 곳이다.

푸른빛의 동굴 지형인 사이판의 그로토.

과 날숨이 들리는 세상이 바다 아래에 존재한다. 고요한 바닷속에서 내 호흡소리에만 집중하다 보면 복잡한 머릿속 잡념들도 사라지고 다른 세상에 온 기분이다. 다이빙 횟수를 거듭하게 될 때마다 나는 다이빙을 다른 이유로 더욱 깊이 좋아하게 되었다.

세계 10대 다이빙 포인트 그로토는 푸른빛을 가지고 있는데 바위 틈새로 빛이 새어나오고, 바닷물이 투명하게 빛나서 빛이 펼쳐진다. 그리고 동굴 깊은 속으로 들어가면 갈수록 푸른빛이 더욱 짙어진다. 다이버들의 파라다이스라고 불리는 사이판 최고의 다이빙 스팟 그로토는 전 세계 바다를 다니면서 가장 좋아하는 곳이다.

20킬로그램의 공기통과 웨이트벨트와 장비를 메고 핀 마스크를 손에 걸치고 경사가 심한 117개의 계단을 내려간다. 간신히 계단을 내려가면 약간 위압감이 드는 높은 파도 때문에 슬쩍 겁이 나기도 하지만 여기까지 온 이상 포기할 순 없다. 미친 듯이 파도가 휘몰아치는 그로토로 약간의 용기를 내 점프해서 입수하는 순간 다른 세상이 펼쳐진다. 물 밖에서 보는 그로토는 너무나 아름다웠지만 물속에서 그로토의 뚫린 구멍사이로 햇빛이 물속으로 쏟아져 내리는 건 정말 장관이다. 푸른빛이 점점 깊어지는 곳에서 실루엣을 담는 건 다이버들의 필수코스다.

　　보트를 타고 가야하는 남쪽 티니안 그로토는 보트로 40~50분 정도 소요되는 포인트로 입수하는 순간 파란 망망대해의 절벽이 정말 웅장하다. 물고기가 많은 포인트는 아니지만 티니안만의 느낌은 우주에 떠 있는 느낌이다. 동굴 속으로 점점 들어가면 갈수록, 거대한 사파이어 속으로 빨려들어가는 기분이다. 바람과 태풍의 영향을 많이 받는 수면과는 달리 바닷속은 고요하다. 잔잔한 바다보다 파도가 시끄럽게 치고 비가 뚝뚝 떨어지는 날 다이빙하는 걸 어느 순간부터 좋아했는데 물 밖과는 달리 평온한 그 속이, 바다 아

남쪽 티니안 그로토.

래서 뚝뚝 떨어지는 빗방울을 지켜보는 걸 꽤 좋아했다. 사람들의 복작거리는 소리도, 시끄러운 뒷담화 소리도, 인간관계의 삐거덕거리는 소리도 들리지 않는 물속으로 들어가는 걸 그래서 좋아했던 것 같다. 그 즈음에는 인간관계에 지칠 때마다 바닷속으로 들어가곤 했다.

한창 푸른빛에 빠져 실컷 감상하고 출수할 즈음에 뒤를 돌아보면 다이버들이 내뿜은 버블들이 암반을 통과해서 나오는데, 그 공기방울을 에어커튼이라고 한다. 숨을 잠시 멈추고 귀 기울여보면 구슬이 굴러가는 소리는 꽤 낭만적이다. 암반 위로 살짝 손을 대고 있으면 공기방울이 손을 툭툭 간지럽힌다. 그 속에서 가만히 출수를 하면 마치 물거품에

다이버들이 내뿜은
버블들이
암반을 통과해서 나온다.

휩싸인 인어공주가 되는 기분이다. 다이빙이 좋은 이유는 다이빙 자체가 좋은 것도 있지만 무엇을 해도 기분 좋아지는 소소함들 때문인 것 같다.

나의 오래된 친구는 내가 좋아하는 다이빙을 좋아하고, 그 친구의 친구도 다이빙을 좋아한다. 우리는 다이빙을 하고 느껴지는 이러한 기분들이 좋아서 자꾸만 주변 사람들을 끌어들인다. 무언가를 공유한다는 건 참 멋진 일이다.

나와 함께 다이빙을 시작한 사람들, 여전히 물이 무섭지만 다이빙을 하고 싶은 사람들을 직접 바다세계로 이끌어주고 싶단 생각이 들었다. 다이빙 강사는 행복과 감동을 주는 사람이라는 말을 듣고, 그로부터 10년 뒤 다이빙 강사가 되었다. 다이빙은 누군가에게는 수없이 고민하고 시작한 일

다이빙 강사는 행복과 감동을 주는 사람이다.

생일대의 커다란 도전일 수 있다. 엄마의 기일이 되면 늘 우울했었지만 다이빙을 하며 행복한 날을 보내고 돌아갔다는 누구. 계속되었던 취업 실패로 인생에서 성공이라는 걸 한 번쯤 경험해보고 싶어서 도전한 또 다른 누구. 정해진 대로만 살아가던 이에게 모든 게 불규칙하고 통제 불가능한 레저를 경험해보고 싶은 그 누군가. 건강이 좋지 않았지만 초코우유를 챙겨먹으며 끝까지 물속에서 버티고 버티며 자신과의 싸움을 했던 어느 누구.

들숨과 날숨만이 들리는 세상에서의 도전은 그 누구에게나 열려있다.

▪DOING 사이판 다이빙 포인트
동쪽: Grotto(비치다이빙), Lau Lau beach(비치다이빙),
Obyan Beach(비치, 보트다이빙),
남쪽: Tinian Grotto, Flaming(보트다이빙),
북쪽: Banzai Cliff, Spotlight(보트다이빙),
서쪽: Oleai, Dimple(보트다이빙)

▪EATING 사이판 맛집
남대문식당(한식),
Capricciosa, all-american-pizza, tonyromas(양식),
무라이치방(중식)

텅 비었기에, 그래서 채울 수 있던 곳

테를지, 몽골
Terej, Mongolia

평소와는 다르게 비장한 마음으로 몽골행을 준비했다. 옷장에서 고른 제일 편한 옷을 꺼내 입고 튼튼한 워킹화를 신었다. 예쁜 옷과 신발, 선글라스, 세계 각지를 비행하며 사들인 기분 좋은 향기가 나는 샤워용품을 담던 캐리어가 아닌 50리터짜리 커다란 배낭을 앞뒤로 메고 씩씩하게 집을 나섰다.

몽골은 그렇게 멀지가 않았다. 3시간 정도의 비행 후 도착한 게스트하우스에는 각지에서 찾아온 여행자들로 가득했다. 하루에 단돈 8달러면 잘 수 있는 도미토리에서 아무렇게나 몸을 뉘인 채로 여러 인종들의 코골이 소리를 들으며 몽골에서의 하루가 저물어갔다. 따뜻한 물이 나오지 않아 고양이 세수만 겨우겨우 한 꾀죄죄한 얼굴로 뒤척이고 있

푸릇함으로 채워진 여름 몽골과 달리 겨울 몽골은 비어있다.

는데 멋진 델(몽골 전통의상)을 차려입은 두 명의 남자가 들어온다. 뉴질랜드에서 왔다는 토마스와 데이빗은 인사 후 내 신발을 가리켰다.

　－반가워. 그나저나 네 신발 정말 멋지다!

투박한 워킹화를 가리키며 멋지다고 칭찬을 한다. 입국 장에서 마주친 이름 모를 아저씨가 내게 등산하러 가냐며 여자가 무슨 그런 투박한 신발을 신었냐며 핀잔을 주던 일이 떠올랐다.

　－고마워. 너희 옷도 정말 멋져. 그거 델이지? 그건 어디 가면 살 수 있어? 나도 입고 싶어!

그들은 현지인들의 물건을 살 수 있는 블랙마켓으로 이끌어주었다. 이것저것 구경 시켜준 뒤 내게 잘 어울릴 만한 옷과 모자 하나를 골라주었다.

게르에 머물기 위해 시내에서 샀던 델을 꺼내 입었다. 몽골의 전통의상인 '델'은 강렬한 직사광선과 모래바람, 널뛰

듯 오르내리는 일교차를 막기 위해 오랜 경험에 의해 만들어진 옷이라고 한다. 몽골에서 지내는 동안 델만 입고 다녔다. 낮의 직사광선은 가려주고 추운 저녁에는 보온이 되었으며 말을 타고 다니기에도 용이했고, 옷 안쪽에 수납공간까지 있어 다시 한 번 놀라움을 느낄 정도로 편한 옷이었다.

비행이 아닌, 첫 여행이었다. 혼자 호텔방에서 멍하게 있는 시간이 많아지던 10월의 어느 날, 『당신에게 몽골』을 읽다가 항공편을 덥석 끊어 버렸다. 시간에 쫓기는 직업을 가진 나로선, 왼손에 손목시계를 시시각각 쳐다보는 나로선 여유로움이 느껴지는 이곳이 좋았다. 아침에 눈을 뜨면 소가 막 짜낸 몽골의 전통차인 수테차를 따뜻하게 데워 마시며 간밤에 꽁꽁 차가워진 손을 녹이는 걸로 하루 일과를 시작한다. 지금이 몇 시인지 생각할 필요도 없이 자고 싶으면 자고 그러다 걷고 배고프면 또 먹고, 말 타고 싶으면 타고, 쉬고 싶으면 쉬고, 높은 곳에 올라가고 싶으면 낑낑거리며 올라가 쫙 펼쳐진 광활한 곳을 그냥 멍하니 바라만 보고 있으면 되고. 일분이 하루 같고 하루가 일분 같다. 심심할 정도로 할일이 없는 이곳이 좋다.

Terej, Mongolia

게르의 아침은 늘 내가 지르는 소리로 시작했다. 하늘을 봐야 된다며 호들갑을 떨며 문을 활짝 열어놓으면 뉴질랜드 특유의 굵직한 영어발음으로 괴로워하며 이불로 얼굴을 가리며 "NO!!" 하며 외치는 게 아침 일과의 시작이었다. 게르 안에서 밤새 피운 모닥불과 모래바람으로 인해 건조해진 얼굴을 물티슈로 스윽 닦은 뒤 사람들이 자고 있는 틈을 타 등받이 없는 의자를 밖에 꺼내두고 쪼그리고 앉아 책을 봤다. 그러다가 강아지가 꼬리를 흔들고 다가오면 놀아주기도 했다.

강아지와 뒹굴며 놀다 누워서 하늘을 바라봤다. 하늘은 가끔 수채화 물감 풀어놓은 마냥 티 없이 푸르기만 할 때도 있고, 구름이 몽글몽글하게 들어차 있기도 하고, 해 질 녘엔 여러 가지 색을 품은 하늘을 보여주기도 했다. 그 순간 비행기 한 대가 꼬리를 남기며 지나갔다. 이곳의 하늘은 너무나 맑아서 비행기가 지나갈 때마다 생기는 구름이 아주 선명하게 보인다. 푸른색 수채화 물감을 담뿍 칠한 스케치북에 흰색 크레파스로 선을 주욱 그은 느낌이었다.

몽골의 밤이 찾아오는 때는 내가 가장 사랑하는 순간이었다. 어린 시절의 여행에선 무언가 화려한 것들을, 멋진

바라만 보아도 행복했던 몽골의 노을.

Terej, Mongolia

건물, 화려한 유적지, 여러 가지를 담고 싶어서 바쁘게 돌아다녔던 기억이 참 많았는데 어느 순간 점점 하늘, 별, 흘러가는 구름, 해 질 녘의 노을, 비온 뒤 개어지는 하늘을 여유롭게 바라보는 일이 더 좋아졌다. 그렇게 말로만 듣던 별이 내 눈앞에서 쏟아졌다. 그 순간 땅과 하늘의 경계가 구분이 안될 정도로 칠흑 같은 어둠 속에서 마치 우주에 둥실둥실 떠 있는 기분이었다. 쏟아지는 별들과 흐르는 은하수 사이로 유성이 긴 선을 그리며 떨어졌다. 손이 꽁꽁 얼어붙는 영하의 날씨지만, 끝없이 펼쳐진 지평선 속에 보이는 건 별뿐이지만 '한국에서 이렇게 오랜 시간 별만 올려다 볼 기회, 여유가 있었던가'라고 새삼 느끼며 다시 한 번 몽골에 잘 왔다

는 생각이 들었다.

　나를 가장 충만하게 만들었던 여행지는 텅 빈 공간이었다. 그렇게 아쉬움에 잠 못 드는 몽골의 마지막 밤은 뻥 뚫린 게르 천장을 바라보며 별과 함께, 소 우는 소리, 개 짖는 소리와 함께 또 그렇게 저물어갔다.

■ **DOING** 몽골에서 함께하면 좋은 책과 음악

『당신에게, 몽골』 : "상상해보라, 동서남북으로 끝없이 펼쳐진 반구의 하늘에 가득 들어찬 별들의 무리를, 발이 닿는 땅 끝부터 반짝이는 별들을 상상하는 것만으로도 숨이 탁 막힌다. … 자신의 본연과 만나게 될 것이다."

〈When you wish upon a star〉
〈별들도 잠이 들고〉
〈별 헤는 밤〉
〈별이 빛나는 밤에〉

히잡을 쓴 여인이 되어, 현지인처럼

페트라, 요르단
Petra, Jordan

요르단의 수도 암만에서 3시간을 달려 페트라에 도착했다.
세계 7대 불가사의인 협곡을 깎아 만든 도시라는 페트라.
누군가 강요라도 한 듯이 다들 하는 트레킹 코스로 떠난다.
가는 길에 호객 행위하는 베두인들은 무시하고 알카즈네를
향해 가면 된다고 한다.

페트라를 이미 경험한 친구는 입구에 들어서면 호객꾼
이 나타나 말을 타라고 할 것이라 했다. 친구의 조언과는 달
리 'Trust me'를 외치며 어메이징한 뷰를 보여주겠다는 호객
꾼에 말에 못 이기는 척 넘어가 주었다. 동양여자가 말을 탈
리가 없다고 생각했는지 가이드는 고삐를 쥐고 질질 끌어주
었다. 취미생활로 승마를 했었고 들판을 가로지를 수 있는

〈인디아나 존스〉의 촬영지가 되었던 협곡들.

구보 정도는 하는 편이었다. 이내 내가 말을 다루는 모습을 보곤 고삐를 놓고 자유로이 다니게 해주기 시작했다. 그렇게 말을 타며 페트라의 숨겨진 뒷모습을 탐험하게 되었다.

어느 순간부터 여행이 유행처럼 모방되고 있는 것 같다. 인터넷에 검색하면 빠르게 얻을 수 있는 정보들, 익히 알려진 식당과 대부분 사람들이 갔을 법한 코스를 좇는다. 누군가 처음 개척해놓은 코스를 주관 없이 졸졸 따라다니기만 하니 자신의 여행 취향을 알 길이 없다. 같은 곳을 여행하더라도 걸어서, 차 혹은 버스를 타고, 때로는 이색적으로 말을 타고 여행을 하면 그 나라는 완전히 다른 모습을 선물해준다. 하나의 여행지를 꽤 여러 번 방문할 수 있는 기회가 많았던 직장 생활 중에 내가 좋아하는 여행 스타일을 알게 되었다. 나는 그곳에 완전히 스며들어 현지인처럼 보내다 오는 걸 좋아하는 여행자다.

살아가며 배워 둔 많은 것들은 더 멋진 풍경을 보는데 늘 도움을 주고 나의 여행을 다채롭게 만들었다. 많은 것들을 배우고 할 줄 아는 상태에서 하는 여행과 그렇지 않은 여행은 그 깊이부터 다르다.

관광객들이 트레킹하기 쉽게 만들어 놓은 입구와 좋은 길 말고 그 옛날 페트라에서 살았을 사람들이 지냈던 것처럼 말을 타고 깎아지른 돌산을 오르내려보았다. 연신 감탄하며 고삐를 잡아 쥐는 나의 모습을 보고 반신반의했던 호객꾼은 '봐, 내가 좋은 거 보여준다 했지'라는 표정으로 그런 나의 모습을 신나게 담아주었다.

특별한 곳에서 특별한 경험이 더해져 페트라를 말을 타고 뒷산을 넘어서 알 카즈네까지 갔던 순간은 나의 수많은 여행 중에서 손꼽는 경험이었다. 승마를 배우길 잘했다는 생각이 들었다.

암만에서 페트라를 넘어오기 전 암만에서 히잡 하나를 구매했다. 현지에 잘 스며들 수 있게 만드는 것이라면 기꺼이 돈을 지불한다. 멋진 사진을 찍을 수 있는 이유이기도 하지만 그들의 문화에 대한 존중이다. 내가 그들을 존중하는 만큼 그들은 나에게 친절함으로 되돌려주었고, 진짜 그들의 모습을 보여주었다. 내가 오랜 기간 다양한 나라를 경험하고 다니는 동안 인종차별을 겪지 않았던 이유가 아닐까 싶다.

페트라에서 알 카즈네로 가는 길.

암만을 처음 여행했던 친구는 시도 때도 없는 경적소리, 거칠게 운전하는 그들에 대한 기억 때문에 그곳은 최악이라고 말하기도 했지만, 암만의 작은 모습만을 보고 요르단에 대해 단정 짓지 않았으면 좋겠다고 답했다. 히잡을 두르고 요르단 북쪽부터 남쪽으로 서서히 내려와 보았다. 그들의 교통수단인 말을 타고 페트라의 땅을 밟아보기도 하고, 800여 개의 계단을 걸어올라 알 데이르를 마주해 보기도 했다. 내가 온전히 느낀 후에야 그 나라에 대해 조금은 안다고 말할 수 있었다.

페트라의 밤을 경험하지 않고는 페트라를 안다고 말하지 말 것. 페트라의 매력은 여기서 끝이 아니었다. 사막의 밤은 꽤 매력적이다. 한여름의 페트라는 한낮에 40도까지 올라가지만 사막지대이기에 습하지 않다. 해가 떨어진 밤은 습하지 않고 적당하게 기분 좋은 바람을 선사해준다. 일주일에 세 번만 열린다는 나이트 페트라를 구경하기 위해 8시 30분에 알 카즈네로 향했다. 아무도 나이트 페트라를 보러 알 카즈네까지 가는 길목이 멋지단 이야기를 해주지 않아서, 그래서인지 더 멋졌다. 곳곳에 풍등이 눈에 보이기 시작했고 협곡 사이로 별이 보이기 시작했다. 사막과 밤과 별은 꽤나 멋

나이트 페트라의 의식

저서 한동안 사막만을 여행하게 만들어 준 계기가 되었다.

그저 현지인처럼 스며들길 원한다. 모국에서의 본래 모습을 덮고 그 순간만큼은 요르단 여자가 되어본다. 땅을 밟는 것에 그치지 않고 깊숙이 파고 들어본다. 역설적이게도 타인의 문화를 접하고 알아갈수록 나의 문화를 더욱이 사랑하게 되고 타인을 깊이 이해하려했을 때 나를 더 깊게 알게 된다. 어쩌면 여전히 나를 알기위해 계속 여행을 떠나는 건 아닐까.

■ **EATING** My mom's recipe restaurant
맛집이 많지 않은 페트라이지만
이곳에서 뷰를 바라보며 양고기, 디저트를 먹는 것을 추천한다.

■ **STAYING** Edom hotel
페트라에서의 할 일은 트레킹인데 모이는 곳에서 걸어서 4분,
300미터 거리인 이 호텔에서 머물면 좋다.

■ **DOING** 나이트 페트라
요르단 패스에는 포함되지 않아 매표소에서
반드시 티켓을 구입해야 한다.
풍등과 어우러지는 붉은 드레스를 입기를.

새벽 2시, 피츠로이로 가는 길목의 사람들

엘찰텐, 아르헨티나
EL chalten, Argentina

'세상의 끝, 모든 것의 시작'. 파타고니아의 수식어는 나를 이끌었다. 인천에서 애틀랜타까지 13시간 30분, 또 애틀랜타에서 부에노스아이레스까지 10시간 20분을 가야 한다. 이대로 가다가는 정말 수식어 그대로 세상의 끝에 도달하는 게 아닌가 싶은 생각이 들 정도의 여정이다. 여기서 끝난 게 아니다. 부에노스아이레스에서 다시 엘 칼라파테 공항까지는 3시간 15분이 걸린다.

승무원들이 창문을 제대로 볼 수 있는 순간 2만 피트. 나의 하늘 위 사무실, 비행기의 작은 창문으로 그 도시의 첫 얼굴을 마주한다. 착륙 20분 전, 2만 피트 사인에 따라 서서히 고도를 낮추면서 그제야 창문을 제대로 볼 수 있기 때문

엘 칼라파테로 가는 비행기.

엘 칼라파테에서 피츠로이가 있는 엘 찰텐으로 가는 길목.

이다.

파타고니아행 비행기 오른쪽 자리에 앉으면 에메랄드 빛 빙하수의 엘 칼라파테를 좀 더 아름답게 바라 볼 수 있는데, 10여 년간 일하면서 본 비행기 속 풍경 중 손꼽고 싶다.

등산을 좋아하지도 않아 집 앞 관악산조차 오르지 않은 내게도, 세계 5대 미봉이라는 수식어는 퍽 끌렸다. 파타고니아의 여러 트레킹 코스 가운데 피츠로이와 토레스 델 파이네를 고민하던 중 마추픽추에서 만난 동생이 피츠로이를 적극적으로 추천해줬다.

엘 칼라파테에서 피츠로이가 있는 엘 찰텐으로 가려면 3시간 정도 거리를 버스로 이동해야 한다. 30시간을 넘게 비행기를 타고 왔음에도 불구하고 엘 찰텐으로 가는 길목이 아름다워 지루할 틈이 없었다. 세상의 끝에 이런 아름다운 동화 속 마을이 숨겨있을 줄은 몰랐다. 파타고니아를 향하는 여행자들은 대개 비싸고 좋은 숙소를 찾지 않는다. 동이 트기 전 일어나서 트레킹을 하며 자연에서 밤을 지새우는 여행자들에게 비싼 숙소는 사치였다. 하루에 2만 원이 채 되

2만 원짜리 호스텔이지만 어디에 머물러도 멋진 뷰.

지 않는 로스비아헤로스라는 호스텔에 도착하여 짐을 풀었
다. 로스비아헤로스와 등산로 입구와 조금 더 가깝다는 란
초그란데라는 두 군데의 호스텔 중에서 고민하다가 풍경이
더 좋다는 로스비아헤로스 도미토리에 묵기로 결정했다. 4인
실 도미토리의 침대만 겨우 들어갈 정도로 작은 호스텔이었
지만 창 밖 풍경을 바라보니 이 도시는 어디에 머물러도 행
복한 곳이었다.

작은 창문이 보여주는 매력에 이끌려 내일 이른 새벽 트레킹을 해야 했지만 가방을 던져놓고 마을을 구경하러 나왔다. 파타고니아를 다녀왔다는 사람들은 피츠로이의 아름다움과 봉우리만을 찬양했지 이 작은 마을이 이렇게 예쁜지 아무도 말해주지 않았다. 꼬박 이틀을 비행기를 타고 날아왔음에도 불구하고 아기자기한 동화 속 마을에 빠져 헤어나오질 못하고 돌아다녔다. 그리고 이 작은 마을에 한국인이 다섯 명이 여행 중이라는 사실도 알게 되었다.

저녁 11시 30분. 마을의 어느 작은 식당에서 엘찰튼에 있는 한국인들이 모두 모였다. 그들과 함께 일명 '피츠로이 원정대'를 꾸려 5시 30분 일출 시간에 맞추어 세계 5대 미봉

다섯 명이서 머리를 맞대고
지도 한 장에 의존하여
피츠로이 트레킹을 시작하였다.

이라는 피츠로이를 보기 위해 새벽 1시에 트레킹을 시작했다. 새까만 등산로에 보이는 거라곤 휴대폰 불빛과 별빛, 그리고 1시간 전에 처음 만난 동행 다섯 명. 피츠로이를 트레킹하는 코스는 여러 가지가 있지만 그래도 라구나 로스 뜨레스의 일출을 볼 수 있다는 20킬로미터 코스의 피츠로이 트레킹 코스를 해야 할 것만 같았다. 지도 한 장을 들고 다섯 명이 머리를 맞대고 피츠로이를 오르기 시작했다. 처음에는 1킬로씩 도달하고 이정표를 발견할 때마다 기쁜 나머지 빛 하나 없는 어둠 속에서 기념사진들을 남기며 올라갔다.

총 20킬로미터의 여정 중 마지막 난코스로 악명이 자자한 마의 1시간 구간이 있다. 여기서부터는 모든 길이 수직 코스로 되어 있고 길 또한 돌길이다. 입장료조차 내지 않는 피츠로이어서 누구나 두 팔 벌려 환영해줄 것 같았지만 피츠로이의 마지막 얼굴을 쉽게 보여주지 않으려는 듯 일명 죽음의 길이라고 불리기도 하는 곳이다. 등산에 익숙하지 않았던 나는 마의 1시간 구간에 다다르기도 전에 체력이 고갈이 났고 정말이지 며칠 동안 잠을 자지 못한 컨디션에 돌밭과 경사에 앞은 하나도 보이지 않았다. 거의 다리가 풀려버리는 바람에 일행들보다 훨씬 뒤쳐져서 진짜 더 이상 못

3대가 덕을 쌓아야만 볼 수 있다는 불타는 고구마는 결국 보지 못했다.
구름에 가리운 삼봉 앞에서도 우리는 행복했다.

올라가겠단 말이 목구멍까지 올라왔다. 캄캄한 피츠로이 중턱에서 더 이상 올라갈 용기도 없었고, 가만히 멈춰있을 수도 없었고, 홀로 내려갈 수도 없는 상황에 해가 점점 떠오르며 일출 시각이 다가오고 있었다.

피츠로이는 불타는 고구마라고 불린다. 일출이 시작되고 피츠로이의 삼봉에 햇살이 내려앉으면 태양에 불타올라 고구마처럼 보이기 때문에 붙여진 이름이다. 결국 악바리와 오기로 3시간 30분만에 10킬로미터에 도달해서 해가 뜨기만을 떨리는 마음으로 기다렸다. 결론부터 말하면 우리는 피츠로이의 불타는 고구마는 구름에 가려 보지 못했다. 그래도 우리의 피츠로이 트레킹은 실패가 아니라고 생각한다.

신나게 음악을 들으며 어둠 속에서 씩씩하게 시작하던 첫 구간, 오감으로만 상상하면서 가며 달과 별이 비춰주는 피츠로이의 길목, 마의 한 시간 구간에 접어들기 전에 다같이 둘러앉아 파이팅을 외치며 함께 나눠먹던 홍삼, 그리고 마의 구간에서 다리 힘이 풀려버린 나를 위해 뭐 하나라도 덜어주겠다며 가방을 들어준 동행언니. 언니가 마지막 구간에서 가방을 들어주지 않았다면 나는 아마 끝까지 올라가지 못했을 거다. 일출이 시작되기 전 잔뜩 기대하는 마음으로 핫팩을 나누어 가지며 불타는 고구마가 나타나기만을 기다린 그 설레던 순간, 내려오던 길에 능장을 부리는 바람에 장장 10시간이 걸린 트레킹이었지만 오빠와 언니, 그리고 동생들이 아니었으면 절대 로스뜨레스까지 올라갈 수 없었을 것이다.

멋지게 태양이 불타오르는 삼봉과 사진을 남기고 싶었지만 나의 엘찰텐으로 채색되어 준 나의 동행들을 기억하고 싶어서 구름에 가린 삼봉 앞에서 사진 한 장을 남겼다.

하산하는 길은 어두웠을 때 보지 못한 것들로 가득했다. "쉬었다 가자"를 밥 먹듯이 외치는 바람에 예상시간보다 트레킹이 길어졌지만 실은 좀 더 눈에 담고 싶었다. 포기하고 싶었던 순간들이 떠오르며 하산할 때의 경관을 본 순간 포기했으면 너무 후회스러울 거라는 생각이 들었다. 내려오던 길에 저 먼발치에 나무들 사이로 동화 같은 마을이 보이는 순간의 감정은 이루 말할 수 없다. 내려오는 길에 충분히 멋진 풍경들, 에메랄드 빛 빙하수가 흐르던 길목, 멀리서 바라다보는 설산만으로도 충분히 행복했던 파타고니아의 첫

번째 피츠로이 트레킹을 완료했다. 늘 그렇듯이 여행에서 중요한 것은 목적지에 닿는 것보다 가는 길목에서 만나는 사람들의 이야기가 아니었던가.

ᵖDOING 트레킹
Los Condores(로스 콘도레스), 1시간, 왕복 3km
Laguna Capri(카프리 호수), 4시간, 왕복 8Km
Laguna Torre(또레 호수), 6시간, 왕복 20Km
Laguna de Los Tres(피츠로이 트레킹), 8시간, 왕복 21km

ᵖEATING
La Tapera(스테이크), Parrilla La Oveja Negra(스테이크),
La Chocolateria josh alike(초콜라테)

뿔레뿔레, 하쿠나 마타타

세렝게티, 탄자니아
Serengeti, Tanzania

이 순간이 지나가고 있다는 것이 아쉬울 정도로 황홀하고 즐거운 여행도 있지만, "내가 여기를 왜 와서 이 고생을 하고 있지?" 하고 생각하게 만드는 순탄하지 못한 여행도 분명 있다. 나의 첫 아프리카는 그동안 겪지 못한 일들을 한꺼번에 겪기라도 하듯이 하루에 한 번씩 울게 만드는 여행이었다.

스물아홉 살이었던 내게 20대 마지막을 기념하며 아프리카 여행을 선물했다. 장장 25시간이 걸려 탄자니아에 도착했는데 중간에 내 배낭이 사라졌다. 추운 나라에서 옷을 두껍게 입고 와서 아프리카의 열기에 얼른 얇은 옷으로 갈아입고 싶었는데 순간 화가 났다. 발을 동동 구르며 어쩔 줄을 몰라 하고 있으니 돌아오는 답변은 짐은 언제나 돌아오기

탄자니아의 세렝게티 초원을 여행하는 건 20대의 버킷이었다.

마련이니 '하쿠나 마타타'란다.

탄자니아에 도착해서 사파리 투어를 하기 위해 우여곡절 끝에 어느 외국인들 무리에 합류하게 되었다. 3일 동안 사파리 트럭에서 함께 하게 될 친구들은 독일인 4명, 모로코인 1명, 프랑스인 1명, 그리고 아시아인인 나까지 포함해 다국적 팀이 완성되어 사파리 투어를 시작했다. 스와힐리어로 여행이라는 뜻의 사파리, 그렇게 탄자니아 여행은 시작됐다.

어린 시절부터 들어 온 동물에 관한 이야기 중 거짓은 하나도 없었다. 내내 잠만 자고 있던 사자를 보면서 '잠자는

응고르응고르에는 마사이족이 살고 있다.

사자의 코털을 건드리다니'라는 표현이 떠올랐다. 하이에나는 교활하게 생겨서는 '이 하이에나 같은 놈!' 처럼 먹이를 약탈하고 다녔다. 코끼리 아저씨는 정말 코가 손이었고 원숭이 엉덩이는 정말 빨갛다는 걸 그대로 볼 수 있었다. 말로만 듣던 마사이족은 몸에 천을 두르고 항상 막대기를 들고 다닌다더니 정말 그랬다. 세렝게티 여행은 〈동물의 왕국〉 그 자체였다.

얼룩말이 뛰어노는 초원에 내려서 점심식사를 먹은 뒤, 조수석에 퍼져서 낮잠을 자고 있었는데 갑자기 창문으로 원숭이가 뛰어 들어왔는지 시끌벅적해진 소리에 눈을 떠보니 원숭이는 내 쿠키를 집어먹고 있었다. 원숭이를 내쫓는 우리를 보며 가이드인 매튜는 웃으며 "This is Africa, HAKUNA MATATA". 하쿠나 마타타란다.

〈라이온 킹〉에서 심바가 슬픔에 빠져 있을 때 품바는 하쿠나 마타타를 외치며 "모든 근심 걱정은 떨쳐버려. 과거는 흘러갔고 어쩔 수 없는 거야. 그렇지? 세상이 널 힘들게 할 땐 신경 끄고 사는 게 상책이야"라고 건넸다. 언어는 곧 그들의 문화다. 가장 많이 쓰는 말들은 곧 그들의 삶이었다.

하쿠나 마타타라는 말은 '걱정거리가 없다'는 그 뜻처럼 걱정이 사라지게 만드는 신비로운 말이었다. 사파리라는 단어 또한 스와힐리어로 여행이라는 뜻이다. 알게 모르게 스와힐리어는 우리의 삶 속에 깊숙이 스며들어 있었고, 참 매력적인 언어라고 느껴졌다.

  - 잠보! 맘보!

  스와힐리어의 매력에 푹 빠진 우리는 아침마다 스와힐리어로 '안녕!'이라고 서로 외쳐주곤 했다. 울퉁불퉁 사파리의 초원을 달리며 깔깔거리며 웃던 웃음들, 장난과 농담이 끊이지 않던 기억들, 점심때쯤 되면 더위를 먹어서 차에서 뻗어 자던 모습들, "현지, 어딨어!" "현지, 밥 먹었어?"하고 다

여정 중 첫 번째 산장인 만다라 캠프에서 포터 잭슨.

정하게 불러주던 목소리들까지. 나의 여행은 "아무 근심걱
정 없이 모든 것이 좋았어"라는 말 대신 스와힐리어로 "My
Safari is HAKUNA MATATA"라고 짧게 답했다.

사파리 투어를 마치고 킬리만자로 등반을 위해서 나의
포터가 되어 줄 잭슨을 만났다. 포터는 '짐을 대신 들어주는
사람'이라는 뜻이다. 그들은 아프리카의 가장 높은 산인 킬
리만자로를 오를 때 없어서는 안 되는 존재들이다. 나는 내
힘을 비축해 정상에 오를 수 있고, 포터들의 목적은 여행자
가 정상에 오를 수 있게 도와주는 역할을 한다. 짐을 들어
주는 건 물론이고 며칠 동안 산에서 생활하는 데 필요한 음
식, 물, 가스통까지 함께 나른다. 나의 포터 잭슨은 분명 내
식사들이 가방에 무겁게 들어있음에도 불구하고 눈이 부은
채 졸졸 따라가는 나를 계속 신경써 주었다.

- 너가 괜찮다면 내가 네 짐을 들어줄 수 있어.
- 나 괜찮아! 이미 너도 많이 들고 있잖아.
  나도 힘이 꽤 쎄다고!
- 응, 그런 것 같아! 넌 강한 사람 같아.

내가 왜 내내 울고 있는지 이유도 알지 못한 잭슨이었지만 잭슨의 뒷모습, 존재만으로도 어쩐지 위로가 되었다.

- 뽈레뽈레.

스와힐리어로 '천천히'라는 뜻. 포터 잭슨은 자꾸만 걸음이 빨라지는 내게 천천히 걸으라고 했다. '빨리빨리'라는 단어와 발음이 비슷했지만 정반대의 뜻을 가진 '뽈레뽈레'라는 단어가 참 좋았다. 천천히 걸을 수 있어서, 그리고 혼자 걸을 수 있어서 다행이라고 생각했다.

잭슨은 나에게 킬리만자로의 일출을 보여주겠다며 새벽 5시에 산장을 나와서 1시간 정도 캄캄한 산길을 랜턴을 켜고 걸어갔다. 새소리와 킬리만자로에만 나는 들꽃들, 멀리서도 보이는 만년설, 그리고 잠시 뒤면 만년설을 더 눈부시게 하얗게 비추는 태양. 후리스와 바람막이 그것도 모자라서 배에 핫팩까지 붙이고는 그 자리에서 한 시간 동안을 가만히 서 있었다.

- 잭슨, 킬리만자로를 몇 번이나 올랐어?

스물한 살에 처음 오르고 포터가 된 이후로는 100번도 넘게 올랐다고 했다. 그렇게 자주 올라가도 오를 때마다 좋냐는 나의 질문에 그렇다고 대답을 하고선 사진기를 꺼내서 또 101번째 즈음일 킬리만자로의 일출을 담고 있다. 잭슨이 매일 만나는 킬리만자로의 일출은 내가 비행기에서 10년 동안 만나온 일출과 같을 것이라는 생각이 들었다. 그렇게 매일 비행을 하는데도 하늘 위 창밖이 좋냐는 질문에 나 역시 대답 대신 휴대폰 속에 사진을 담았기 때문이다.

먼발치에서 보이는 킬리만자로의 만년설.

사람들을 목적지에 오롯이 도착할 수 있게 도와주는 승무원과 포터의 인생이 조금은 비슷하다는 생각이 들었다. 그 무거운 짐들을 들고 다니지만 여행자들의 고맙다는 말 한마디면 피로가 풀린다는 말에도 공감했다. 남들이 보기엔 고되어도 누군가의 설레는 여행길에 함께한다는 건 축복받은 직업인 것 같다.

뽈레뽈레, 하쿠나 마타타.
스와힐리어는 사랑스러운 단어들이 많다. 하쿠나 마타

스와힐리어로 심바는 '사자'를 뜻하는 단어이다.

타 한 단어로도 충분히 힘이 되는 단어인데 뽈레뽈레와 합쳐지니 위로가 배가된다.

가끔 지치고 힘들 때 아프리카 땅에서 배낭을 메고 걷던 기억을 떠올린다. 천천히 걸으면 아무 문제가 없다. '빨리빨리' 대신 '뽈레뽈레'로 삶을 살 수 있기를 바란다.

■ **DOING** 사파리 투어
사파리 투어는 자유여행이 불가하기에 무조건 여행사를 통해서 해야 한다.
 – 한국업체: JaysAdventure(네이버카페), 심바투어, 심플사파리
 – 현지업체: safaribookings.com에서 검색

몸은 아프리카에, 머리는 아랍에,
눈은 유럽에

쉐프샤오엔, 모로코
Chefchaouen, Morocco

이름도 낯선 모로코의 작은 마을 쉐프샤오엔은 아프리카의 사하라 사막을 방문하는 전 세계 여행자들이 사랑하여 들러가는 마을이다. 인천에서 도하까지 10시간, 카사블랑카까지 8시간을 더 가면 아프리카 땅에 도달한다. 카사블랑카에서 쉐프샤오엔으로 가는 길은 340킬로미터가 걸리는 먼 거리여서 공항에 내려서 택시기사들과 한창을 실랑이를 벌이며 흥정을 해야 했다. 캣콜링과 입만 열면 덤터기를 씌우던 택시기사들, 호객꾼에게 혀를 내두르게 되는 나라이지만, 쉐프샤오엔만큼은 마치 현실에서 동떨어진 동화 같은 마을, 아프리카 땅에서 내가 가장 사랑하는 마을이다.

아프리카의 쉐프샤오엔은 이슬람 문화로 아랍의 문화와, 유럽의 건축물이 공존하는 곳이다.

파란색 도시가 빨갛게 변하는 유일한 순간, 스페니쉬모스크.

파란 나라를 보았니

꿈과 사랑이 가득한

파란 나라를 보았니

천사들이 사는 나라

　온통 푸른빛이었다. 누구나 한 번 가고 싶어서 생각만
하는 나라, 어릴 적 동요 속에서 꿈꾸던 세상, 그곳을 모로
코에서 만났다. 하늘과 땅이 모두 파란, 블루시티 쉐프샤오
엔은 발길과 시선이 닿는 곳 모두가 눈이 시리도록 푸른빛
이었다. 흔히 모로코에는 삼색의 도시가 있다고 한다. 마라
케시의 붉은색, 카사블랑카의 흰색, 그리고 쉐프샤오엔의 파
란색. 마을 전체가 온통 파란색 물감으로 칠해진 이곳은 모
로코에서 가장 예쁜 마을이라고 한다. 볼 것이라고는 파란색
밖에 없는 마을이라지만 골목골목을 걷다보면 흡사 바다를,
하늘을 여행하는 기분이 든다.
　파란색을 유난히 사랑했다. 하늘과 바다를 상징하는 파
란색은 누군가에겐 때로는 우울로 해석되어지기도 하고 누
군가에게는 희망과 기쁨으로 해석되어지기도 한다. 마음먹
기에 따라 달라지는 무색이라 생각되어 어쩐지 그 신비로움
이 더욱 좋았다. 파란색 말고는 볼 게 없지만 한창을 걷다 보

　　　　　　　　　　　　　　Chefchaouen, Morocco

니 마음까지도 파랗게 물드는 기분이 좋았다.

어디가 하늘인지도 골목인지도 구분이 가지 않는 미로 같은 길목에서 길을 잃음이 오히려 좋았다. 이곳에서는 골목을 걷는 것 말고는 할 게 없지만 또 걷다 보면 특유의 분위기에 빠져든다. 코발트 블루, 인디고 블루, 모로칸 블루, 스카이 블루, 베이비 블루, 하나의 푸른빛으로 단정 짓기엔 쉐프샤오엔이 드러내는 빛깔을 내가 가진 빈약한 단어로는 표현할 길이 없다. 파란 마을 쉐프샤오엔에 빛이 들면 빛나는 하늘로 변했다가, 빛이 사라지면 마치 깊은 심해 같았다.

쉐프샤오엔은 '고양이 마을'이라고도 부른다. 길거리 곳

쉐프샤오엔은
고양이들이 천국이라고 불린다.

곳에 나른하게 잠들어있는 고양이는 사람을 보고도 도망가지 않으며 쓰다듬으려 하면 품안으로 파고든다. 파란 마을 곳곳에 있는 고양이들은 이 마을을 한층 더 동화 같이 만들어준다. 무슬림 문화에서 고양이는 무함마드의 좋은 친구라는 전설이 있어 고양이를 귀하게 여기며 공존한다. 작은 마을을 돌아다니는 내내 모로칸들이 고양이들에게 밥과 물을 주며 공존하며 살아가고 있었다. 산 중턱에 있는 쉐프샤오엔은 지대가 높고 계단이 많아서 마을 전체가 마치 고양이들의 캣타워 같았다. 쉐프샤오엔을 완벽하게 즐기는 방법 중 하나는 고양이와 공존하며 그들과 함께 나른하게 떠도는 일이다.

모로코에서 오렌지 주스가 그렇게 맛있다고 하는데 쉐프샤오엔의 땡볕에 땀을 뻘뻘 흘리다 오렌지가 쌓여있는 곳을 발견했다. 그 자리에서 말 그대로 100퍼센트 '생' 오렌지 3개를 슥슥 갈아서 단돈 5디르함(600원)에 마신 오렌지 주스의 과즙은 정말 내가 먹었던 오렌지 주스 중에 베스트였다.

파란 도시가 빨간색으로 변하는 유일한 순간을 보기 위해 파란 마을이 한눈에 보이는 스페니쉬모스크로 향했다.

스페니쉬모스크는 스페인의 식민지였던 시절에 스페인 사람이 지은 모스크라고 해서 붙여진 이름이라고 했다. 파란마을이 빨갛게 물들 때 즈음 산중턱에 조용히 엎드린 마을은 파란색 덩어리 그 자체였다. 이 장면을 보기위해 전 세계 여행자들이 긴긴 이동시간에도 불구하고 북아프리카 끝자락에 작은 마을을 찾는다. 여행자들이 기타 치는 소리가 들려오고, 무슬림의 기도하는 소리가 마을에 울려 퍼지기 시작한다.

몸은 아프리카에, 머리는 아랍에, 눈은 유럽에

모로코를 함축적으로 설명했던 말이 이해가 되는 순간이었다.

그럴싸한 랜드마크 하나 없는 작은 마을이라 누군가는 스쳐지나가기도 하겠지만 그 어떤 랜드마크보다 강렬하게 기억에 남는 건 온통 파란색이었기 때문이다. 누군가 쉐프샤오엔이 어떤 마을이냐고 묻는다면 지구 반대편에 살고 있는 나를 닮았다고 말해주고 싶다. 때로는 지중해를 닮은 바다 같기도 하고, 때로는 청량한 하늘 같기도 하다. 그저 '파란색

마을'이라고 단정 짓기엔 골목골목 들여다보면 미묘하게 다른 파란색을 비치기도 하는 곳이라고.

　　나만의 색을 갖는다는 것. 알록달록한 무지개 색보다는 하나의 색으로 기억되고 싶은 나를 나타내는 마을 같다. 알록달록 색을 모아 놓은 무지개 같은 사람보다는 비록 하나의 색일지라도 여러 빛깔을 품은 사람이 되고 싶다고. 햇살을 만나게 되면 더 아름답고 영롱한 빛깔을 내는 그러한 사람이 되고 싶다고. 그래서 누군가 북아프리카 끝자락의 쉐프샤오엔에 간다면, 나를 떠올려 주길 바래어 본다.

■ **DOING**
　　모로코에서는 무조건 처음 부르는 가격의 절반은 깎고 흥정하기.
■ **EATING**
　　오렌지 주스

　　　　　　　　　　　Chefchaouen, Morocco

제주에 숨어들었다가 스며들었다

제주도, 대한민국
Jeju, Korea

해외에 가면 숨통이 트이던 나였는데 코로나로 떠날 곳을 잃었다. 그때 마침 데이비드 실즈의 자서전 『문학은 어떻게 내 삶을 구했는가』에서 한 구절을 보았다.

> 고통은 수시로 사람들이 사는 장소와 연관되고,
> 그래서 그들은 여행의 필요성을 느끼는데,
> 그것은 행복을 찾기 위해서가 아니라 자신들의
> 슬픔을 몽땅 흡수한 것처럼 보이는 곳으로부터
> 달아나기 위함이다.

서울에서 나고 자랐지만 답답함을 느낀 이유는 서울에 있으면 부여된 역할이 있었기 때문이다. 서울에서는 나는 언

태풍이 오기 전날은 유난히 멋진 모습을 보여주는 하늘.

Jeju, Korea

제나 맑음이어야 했다. 그러나 여행지에서의 날씨는 조금은 흐려도, 눈이 내려도, 맑아도, 그 모든 것이 상관없었다. 그래서 관광지를 다니는 대신에 길거리에 피어나는 들풀들을 보며 계절을 만끽하는 일이 전부이고, 그것이 행복의 모든 것일 때도 있었다.

제주에 머물며 가장 사랑하던 시간은 해가 지는 시간이었다. 제주로 향하는 대부분의 사람들은 나처럼 휴식이 필요해서 오는 것 같았고, 그들 대부분은 서쪽을 택한다. 이곳의 서쪽은 노을이 가장 아름답게 찾아오는 곳이기에 해가 멋지게 내려앉는 날이면 서쪽으로 달린다. 해가 질 때 사랑하는 나만의 장소들을 몇 군데 만들어놓았다. 애월의 해안도로, 이호테우 해변, 도두 해안도로에서 바다 위로 떨어지는 해를 바라보는 것을 좋아한다. 제주에서 만난 내 친구들은 모두 이주민이었지만 제주도의 자연을 사랑해서 온 사람이었다. 그리고 서울에서와는 달리 좋아하는 것들이 비슷해서 모이게 된 나의 제주 친구들을 만날수록 내가 좋아하는 사람들이 어떤 사람인지 알게 되는 시간들이었다.

해가 지는 날 중에서도 가장 아름다운 해를 볼 수 있는 날은 태풍 전날이다. 태풍이 지나는 날의 일몰과 다음날의

제주에서는 캠핑의자를 들고 다니며 어디서든 노을을 볼 준비가 되어있다.

일출은 붉은 빛이 가장 진하다고 하는데 태풍 전야의 일몰은 정말 예뻤다. 내일이 휘몰아칠 걸 알기에 그날의 노을은 유난히 고요하다. 완벽하게 제주를 즐기는 방법은 차에 항상 캠핑의자를 실어 다니는 것이다. 언제 어디서든 멋진 자연을 맞을 준비를 우선적으로 한다.

제주에서는 사람들과 어울리는 법을 배웠다. 시간을 어떻게 채우고, 어떤 삶을 살아갈지는 내가 어떠한 사람들과 함께 보내고 있느냐에 달려있었다. 술에 취하지 않고도 밤새 도란도란 이야기할 수 있는 사람들, 손가락 호호 불어가며 따뜻한 차 한 잔과 잔잔한 음악만으로도 행복해하는 사람들, 계절에 맞는 음식들을 가져와서 캠핑장에서 함께 먹고 마시는 즐거움. 서울의 나는 이런 소소한 행복을 누리기엔 너무 바쁜 사람들 속에 둘러싸여 있었다. 인생의 길목에서 여러 사람들이 스쳐 지나갔지만, 제주의 길목에서 만난 사람들을 유난히 좋아한다. 그 사람들과 깊은 곳으로 스며들어 아무 생각이 없어지는 그 순간들이 참 좋았다.

제주에 첫눈이 내리던 날, 친구는 '이런 날은 한라산의

제주에서의 캠핑.

제주의 첫눈이 내리는 날은 천백고지로 가야한다.

천백고지를 가야 한다'며 나를 한라산으로 데려갔다. 천백고지에 가면 상고대를 볼 수 있는데 마치 눈꽃처럼 피어난다고 한다. 그것은 어른이 되고 처음으로 맞이한 내 인생의 첫 눈꽃이었다. 눈을 구경하며 마음껏 눈밭에서 뛰어놀 수 있는 건 어린아이의 전유물이라고 생각하며 살았다.

어릴 때는 눈이 내리면 그저 신나게 뛰어놀았는데 어른이 되고 비행을 하면서부터 어느 순간 눈이 오는 게 싫어지기 시작했다. 눈발이 날리기 시작하면 어김없이 한숨을 쉬며 '오늘은 연착되겠구나'라는 생각뿐이었다. 비행기 날개에 쌓인 눈을 녹이는 작업이 필요하기 때문이다. 그리고 제주에 눈발이라도 날리기 시작하는 날이면, 폭설이라도 예보된 날이면 제주도 친구들이 모인 카톡방은 와자지껄해진다.

제주에 머물며 눈이 오는 게 좋아지고, 오히려 눈을 기다리기 시작했다. 복잡한 인생에서 조금 유치해지는 퇴행은 스트레스 해소에 아주 좋다고 하는데 그런 의미에서 제주는 나에게 안락함을 가져다 주는 장소이다. 세월이 지나 나이의 무게가 점점 나를 짓누르지만 제주에 머물 때만이라도 아이처럼 겨울을 누릴 수 있어서 좋았다.

날씨가 선선해지는 계절이 찾아오거나 비가 오는 날은 제주의 숲의 향기가 더욱 진해지는 날이다. 해가 쨍한 날씨보다 바람이 부는 날에는 숲내음이 강해지는데 그런 날엔 꼭 편백나무 숲을 찾아간다. 제주에서 가을이 찾아들기 시작하면 승마하기 좋은 계절이라고 하여 제주에서 머무는 내내 승마를 배웠다. 편백나무 숲의 피톤치드는 매번 가도 매번 좋았다.

제주의 탁 트인 자연 속에서 살아가는 행복은 늘 그립다. 서울로 돌아오는 비행기에서 메모장에 '여행; 여기서 행복할 것'이라고 끼적여보았다. 행복의 영향을 미치는 건 환경이 아니라 일상의 순간에 대한 집중력이라고 하니 서울에서의 삶도 기쁘게 살아보련다.

DOING 맑지 않은 날의 제주를 즐기는 법
눈 오는 날의 제주도 한라산 1100 고지
비 오는 날의 사려니 숲길, 물영아리오름, 비자림

오늘도 비행기 창문으로 도시의 얼굴을 만난다

"손님 여러분, 착륙 준비를 시작하겠습니다.
창문 커튼을 열어주시고 좌석 등받이와 테이블,
그리고 꺼내 두신 짐은 제자리로 해주십시오."

비행 중에는 내내 3만 5천 피트에 머물며, 창문 볼 틈 없이 손님 얼굴만 들여다보며 일을 한다. 2만 피트에 도달했다는 시그널이 울리고, 착륙 방송이 나오면 비행기의 모든 창문을 활짝 연다. 승무원들이 창문 밖을 온전히 볼 수 있는 순간, 2만 피트. 나의 하늘 위 사무실 비행기의 작은 창문으로 그 도시의 첫 얼굴을 마주하는 순간이다.

지금 착륙하게 될 도시는 나에게 어떤 계절과 풍경을, 또 어떤 날씨와 사람을 만나게 해줄지 상상하게 만드는 설렘 가득한 그 시간, 지금까지 승무원으로 일하면서 내가 가장 좋아하는 순간이다.

오늘도 비행을 여행처럼, 매일매일을 좋아하는 여행과 함께 한다. 그래서 이 직업을 사랑하지 않을 이유가 도저히 없어서 수년째 하늘과 땅, 그리고 바다를 오가는 삶을 살고 있다.

맑은 날이 아니어서 오히려 좋아
10년 차 승무원의 여행 이야기

초판 1쇄 발행 2023년 8월 10일
    4쇄 발행 2024년 1월 30일

지은이 김현지

주간 이동은
책임편집 성스레
편집 김주현
미술 강현희
마케팅 사공성 한은영
제작 박장혁 전우석

발행처 북커스
발행인 정의선
이사 전수현

출판등록 2018년 5월 16일 제406-2018-000054호
주소 서울시 종로구 평창30길 10 (03004)
전화 02-394-5981~2(편집) 031-955-6980(마케팅)
팩스 031-955-6988

ⓒ 김현지, 2023

ISBN 979-11-90118-56-9 03810

• 북커스(BOOKERS)는 (주)음악세계의 임프린트입니다.
• 값은 뒤표지에 있습니다.
• 파본이나 잘못된 책은 구입하신 서점에서 교환해 드립니다.